Sonya
ソーニャ文庫

淫獄の囚愛

葉月エリカ

JN131529

イースト・プレス

contents

プロローグ

女の中心には、淫らで罪深い花がある。

この地下室で過ごす夜をいくつも重ね、ティレナはそのことを否応なしに自覚した。

「あ、ぅあ、……──はぁっ……」

無骨な指に左右の花弁を分けられ、襞の密集する窪《くぼ》みをくじられて、ティレナのそこはとろとろと蜜を零す。

花芽《はなめ》と呼ばれる肉粒をざらつく舌で舐《な》められれば、開花を待つ寸前の蕾《つぼみ》のごとく、体の芯が綻《ほころ》びていく。

──が、その花が悦《よろこ》びに咲いたとて、散らされることはない。

「んっ、ああ……ひぁ、ぁああっ……」

「ずいぶんとそそる声をあげるようになったな」

嗤《わら》いを含んだ声は、ティレナの股座《またぐら》に顔を埋《うず》める人物のものではなかった。

巷《ちまた》では悪魔とも囁《ささや》かれる、リドアニアの国王マディウス。

全裸のティレナが横たわる寝台から、わずかに距離を置いた椅子に座り、夜毎《よごと》の「見世物」に夢中で見入っている。

燭台の灯りは寝台の周囲にのみ集められているせいで、ティレナの位置からは、彼の姿が巨大な黒い影にしか見えなかった。不摂生の末に肥大した醜悪なシルエットは、人ではない異形の何かのようだ。

「おい、ラーシュ」

「――はい」

犬でも呼ぶようなぞんざいな口調に、ティレナの秘処を嬲《なぶ》る青年が顔を上げた。

拷問めいた快楽から一時《いっとき》逃《のが》れ、やっと息をつけるようになったティレナは、潤《うる》む視界に彼の姿を映した。

琥珀《こはく》を思わせる金の双眸《そうぼう》と、その目に落ちかかる黒い髪。

男性的な頬の線に、くっきりと意志の強そうな眉。

見る者を魅了する端整な顔立ちだが、その声も眼差しも、感情などないかのように乾《かわ》いている。

ティレナが直《じか》に知る彼は、そうではなかったはずなのに。

「そろそろ次に移れ」

事前に取り決めでもしていたのか、マディウスに命じられたラーシュは、躊躇《ちゅうちょ》なく脚衣の前をくつろげた。

引き締まった下腹からそそり勃《た》つ雄茎《おすぐき》に、ティレナは息を吞《の》んだ。

彼のそこを目にするのは初めてではないけれど、脈々と息づく男性器に怯《ひる》んでしまう。

ラーシュが膝を進め、ティレナの股間に熱い肉塊をあてがった。

そのまま入り込んでくるのかと戦慄《せんりつ》したが、長大な楔《くさび》は秘裂の上にぴたりと添わされただけだった。――「だけ」と安心していられたのは、ほんの一瞬のことだったが。

「やぁっ……!?」

密着した肉棒を上下に動かされ、たちまち面妖《めんよう》な感覚に襲われる。

溢れ出た愛液を潤滑油《じゅんかつゆ》にして、それはぬるぬると滑《すべ》った。

充血した花唇《かしん》が青筋の浮く幹を包み込み、ぷっつりと実った女の核は、雁首《かりくび》の出っ張りでぬちぬちと擦り上げられた。

「だめっ、そこ……ぁあ、いやぁ……!」

強い刺激にじっとしていられず、勝手に腰がうねってしまう。

深い場所で繋がってはおらずとも、いまだ処女であるティレナに、その行為は耐え難《がた》い淫虐《いんぎゃく》だった。

「──『いや』？」

異国の言葉を聞いたように、ラーシュが繰り返した。

「これだけ濡らしておいて、よく言う」

上体を起こした彼は、ティレナの両脚を隙間なく閉じ合わせて抱えた。

その体勢のまま、さっきよりも激しく腰を振りたくる。腿《もも》の隙間から出入りする亀頭は、秘唇《ひしん》から溢れる蜜にまみれて、ぬちゃぬちゃと卑猥な音を立てた。

「やっ、あ、あぁ……んんっ！」

陰核を摩擦されて感じるほどに、胎《はら》の奥でもどかしい熱が渦《うず》を巻く。

満たされない蜜洞《みつほら》がきゅうきゅうと身を引き絞り、さらなる快感を望んでしまう。

「そろそろ奥まで突っ込まれたくなってきただろう？」

本能的な欲望を見透かしたように、マディウスが言った。

「意地を張っていられるのもあと少しだ。寸止めを繰り返されて気が狂い、自ら男のものを欲するようになったなら、儂《わし》が処女を散らしてやろう」

「誰が、そんな──ぁああっ……！」

マディウスの思い通りになど、決してなってやらない。

そう誓う心は嘘ではないのに、肉体は悲しいほど別ものだった。

ラーシュの淫戯《いんぎ》にあえなく乱れ、炎に近づけられた蝋燭《ろうそく》のように、だらしなく形をなくして溶けていく。

愛液を纏《まと》った雄杭の先端が、汗ばむ太腿の合間からにゅるにゅると、何度も突き出ては引っ込んだ。

「も……動かないで……だめぇ……っ」

濃密な愉悦《ゆえつ》が膨《ふく》らんで、腰が浮く。

高みへと昇らされる感覚に唇を噛《か》んで抗うが、その努力をへし折るように、律動を速めたラーシュが囁いた。

「いっそ、気をやったほうが楽になる」

「ああ、うっ――い……やあぁあっ……――！」

弓なりに反った背中が痙攣《けいれん》を起こし、がくりと落ちた。

陰核を中心に爆《は》ぜた快感が、ティレナの意識を濁《にご》らせて、指一本動かせないほどの倦怠感を連れてくる。

「今夜も達《い》ったか。他愛もない」

マディウスがここぞとばかりに嘲《あざけ》った。

ティレナは朦朧《もうろう》としながら、静かに体を離すラーシュを見上げた。

印象的な金の瞳は、快楽に屈したティレナを見下しているようにも、憐《あわ》れんでいるようにも見えた。

（――あなたは何を考えてるの？）

訊きたい。

けれど訊けない。

（私のことを、本当に憎んでいるの……？）

一度は信頼を寄せていた相手から、改めて「そうだ」と言われるのが怖くて、ティレナはいつも口を噤《つぐ》む。

胸の奥でじくじくと膿《う》んでいるのは、いまさらな後悔だ。

いっそ、出会ったあの日からやり直すことができたなら。

自分がラーシュにあんな真似をしなければ、今のような辱《はずかし》めを受けることはなかったのかもしれない――と。

1　刑場の邂逅

一年を通じて曇天《どんてん》が多いリドアニアの空は、その日珍しく青かった。

これから地上で始まろうとする惨劇など、知らぬがごとく晴れ晴れと。

「処刑などおやめください、マディウス様。我がガゼットの民にどうかご慈悲《じひ》を……！」

嗚咽《おえつ》をあげる姉のエレインに、ティレナは内心で呼びかけた。

(駄目よ、姉様。そんなふうに泣いても、マディウスを余計に煽《あお》るだけ——彼には人の心がないんだもの)

王城の外れにある円形広場はすり鉢状で、四層から成る観客席に囲まれている。

かつては剣闘士と呼ばれる奴隷が猛獣を相手に戦い、ときには人間同士で殺し合いをさせられる闘技場だったらしい。

それが今はまた、別の悪趣味な娯楽のために使われていた。

広場の底で身を寄せ合う老若男女は、母国であるガゼットから連行された三十名ほどの捕虜たちだ。

全員が手を後ろに縛られて、食事も与えられていないのか頬がげっそりとこけていた。リドアニアの兵士に剣や槍《やり》を突きつけられ、怯《おび》えた兎《うさぎ》のように震えている。

無理もない。

彼らは住んでいた土地を焼かれ、家畜《かちく》同然に引き立てられてきた挙句《あげく》、今からいっせいに殺されるのだ。

敗戦国の民だというだけで、なんの罪も犯していないのに。

戦勝国の王が血を見たい気分だという、ただそれだけの理由で。

ティレナは膝の上で汗ばむ手を握りしめた。

（なんとかしなきゃ……でも、どうしたら……）

ティレナが座らされているのは、一階中央の観客席。歴代の王侯貴族たちが、陰惨な見世物をかぶりつきで観賞してきた特等席だ。

すぐ隣では、姉のエレインが長い髪を振り乱し、翠玉のような瞳から涙を流している。

国王の愛妾という立場から、残酷な真似はやめてくれと必死に懇願している。

もちろん、そんなものを聞き入れるマディウスではない。

エレインの髪を鷲掴《わしづか》みにし、濃い髭《ひげ》に覆われた顔を近づけてねっとりと告げた。

「その目を開いてよく見届けろ。お前たちガゼット人の同胞が、一人ずつ嬲《なぶ》り殺しにされていくところをな」

乱杭歯《らんぐいば》を剝き出しにして笑うマディウスは、二年前に実兄を毒殺して玉座を簒奪《さんだつ》したと囁かれる、いわくつきの王だった。

癖《くせ》の強い褐色の巻き毛に、肉に埋もれた細い瞳。

肥満に加えてむくみの目立つ巨体は、ぶよぶよして土気色《つちけ》がかっていた。噂によれば、昔からの持病があるということだ。

ティレナの母国でも、彼は悪魔のように嗜虐心《しぎゃくしん》の強い人物として知られていた。

自国の民や臣下であろうと、少しでも気に入らないことがあれば次々に首を刎《は》ねる。この城の使用人も多くが殺され、残った者たちは尻に帆《ほ》を掛《か》けて逃げ出したせいで、常に人手が足りていない状態だった。

即位から一年後、マディウスの関心は当然のように隣国へと向かった。

穏やかな海に浮かぶ、三日月を横にしたような形のボルガ島。

以前はその東側をリドアニアが、西側をガゼットが、ほぼ等分に所有していた。どちらもおよそ三百年前、海を隔てた大陸からの流民《るみん》が興《おこ》した国だ。

当時の皇帝に異教徒とみなされ、迫害された者たちがボルガ島に流れたが、やがて教義に差異が生じ、ふたつの国に分かれたという経緯がある。

それでも元は同じ神を信じる者同士だ。互いに干渉しないという不可侵条約を結んでいたが、マディウスはその約定を呆気なく覆《くつがえ》した。

半年前に突如として奇襲を受けたガゼットは、国境の町や村を制圧されたばかりか、王都への侵攻をも許してしまった。

若き国王ルディオは、これ以上の犠牲を出さないために、一方的な停戦条件を呑まざるを得なかった。

捕虜の連行に、年に四度も徴収される重税。宝石鉱山や油田を含む国土の譲渡。

さらには、国王の婚約者であるオルトワ侯爵家のエレインを、人質兼マディウスの愛妾《あいしょう》として差し出せという要求までも。

それだけは、とルディオは抗った。

政略結婚とはいえ、彼とエレインは子供の頃からの知己《ちき》であり、揺るぎない愛情を育《はぐく》んでいた。こんなことがなければ、あと一年足らずで婚姻の儀を挙げる予定だったのだ。

しかしルディオが拒もうと、リドアニア側は容赦しない。

敵国の兵が前触れもなく屋敷に踏み込み、略奪同然にエレインを連れ去ろうとしたとき、ティレナはとっさに叫んでいた。

『私も一緒に連れていって！　人質が欲しいのなら一人でも多いほうがいいでしょう⁉』

優しいが気の弱い姉を、悪魔と呼ばれる男のもとに単身で送り込むことなど、到底できなかった。

泣き崩れる両親に『いつかきっと戻るから』と告げて、ティレナは姉とともに囚われの日々を送ることとなった。

今年で五十歳になるマディウスは、何故かいまだに正妃を娶《めと》っておらず、他にも幾人かの愛妾を囲っているらしい。

もっとも今のところ、特に気に入られているのがエレインであることは間違いない。

この半年間、ティレナはどうにか姉を救えないかとやきもきしたが、なんの手立ても見《み》出《い》せ《だ》ないまま今日に至る。

「さて、誰から血祭りにあげようか……」

マディウスが視線を巡らせると、捕虜たちはたちまち混乱に陥《おちい》った。悲鳴をあげ、啜《すす》り泣きを洩《も》らし、恐怖で理性が振り切れたのか、けたけたと笑い出す者までいる。

そんな中、ティレナの視界に一人の青年が飛び込んできた。

洗いざらしのシャツに踝《くるぶし》の覗《のぞ》く脚衣《きゃくい》という、ごく平凡な出《い》で立ちだ。

図抜けた長身だから目に留まったのかと思ったが、すぐに違うと悟《さと》る。

彫りの深い目元に落ちかかる、やや長めの黒髪。

その隙間から覗く黄金《こがね》色の瞳が、彼だけ妙に冷静だった。歳《とし》の頃は二十歳を少し超えた程度だろうが、それ以上に落ち着いた印象だ。

「そこの子供」

短い腸詰めに似た指でマディウスが示したのは、年端もいかない男の子だった。

これから何が起こるのかもわからないほど幼い様子で、きょとんと目を丸くしている。

「幼児の肉は柔らかいというからな。餌《えさ》にしてやれば犬も喜ぶだろう。まずは耳と鼻を削《そ》ぎ、眼球を抉《えぐ》って、残りは食べやすいよう細切れにしてやるといい」

子供のそばにいた母親らしい女性が、たちまち青ざめた。

「私を身代わりにしてください！」

叫んだ母親は兵士に蹴《け》り倒され、それでもなお我が子を守ろうと地面を這《は》う。

次の瞬間、子供に手を伸ばした兵士が横ざまに吹っ飛び、ティレナは息を呑んだ。

兵士に体当たりを喰らわせたのは、さきほど目を引かれた黒髪の青年だったのだ。

後ろ手に縛られたまま、それ以上何ができるわけでもないのに、か弱い母子を庇うように周囲を睨《にら》みつけている。

「ほう？」

マディウスの興味が彼に移るのを感じ、強張《こわば》っていたティレナの体はようやく動いた。

「――やめなさい！」

ティレナは青年に向けて、能《あた》う限りの大声をあげた。

周囲が呆気に取られる中、観客席から立ち上がり、ドレスの裾を翻《ひるがえ》して刑場へ続く階段を駆け下りた。

　兵士たちが止めようと動いたが、マディウスが片手をあげて制すると、訓練された犬のように大人しくなる。

　人々の注目が集まるのを感じながら、ティレナは青年の前で足を止めた。

　突然の出来事にも、彼の面《おもて》に動揺らしきものは見当たらない。

「何をするの、ティレナ……!?」

　姉の声が聞こえたが、ティレナが何よりも意識しているのは、背中に感じるマディウスの視線だった。

　今の彼は、おそらく面白がっている。

　ろくに顔も見たことのなかった愛妾の妹が、同国人である捕虜に何を言うのか、頬杖《ほおづえ》でもついて高みの見物をしているはずだ。

　だとしたら――一か八か。

「跪《ひざまず》きなさい」

　声の震えに気づかれないよう、ティレナは命じた。

　動かない青年に苛立ったというふうに、より居丈高《いたけだか》に声を張る。

「聞こえていないの？　役に立たない耳なら、あの子よりも先に切り落としてもらいましょうか？」

捕虜たちがいっせいにざわついた。

「あの娘は誰だ？」

「エレイン様と一緒に攫《さら》われた、オルトワ侯爵家の令嬢じゃないのか？」

「ルディオ陛下の婚約者の妹か？　それなのに、どうしてあんな……」

「エレイン様は、私たちのために命乞いをしてくださっているのに」

増していくざわめきの中、青年がおもむろに膝を折った。

ティレナは唇を噛み締め、右手を振りかぶった。

（ごめんなさい……！）

青年の頬に掌《てのひら》を叩きつけると、高い打擲音《ちょうちゃくおん》が弾《はじ》けた。

捕虜たちが目を瞠《みは》り、何をするのかとティレナをいっせいに罵倒《ばとう》した。

青年の反応を見る前にティレナは背を向け、マディウスに向き直った。

「――御前での無礼をお許しください」

恭《うやうや》しく頭《こうべ》を垂《た》れると、ティレナはひと息に喋《しゃべ》った。

「この者は愚かにも、自分の立場をまだ理解していないようです。我々ガゼット人は敗戦国の民であり、何をされても文句は言えぬ身。許されることといえば、偉大なる陛下の慈悲にすがり、少しでもお役に立つべく忠誠を誓うことだけでございますのに」

「エレインの妹……ティレナとか言ったか」

マディウスが口元を吊り上げた。

粘《ねば》っこい視線が全身に絡み、生理的な嫌悪感が湧いたが、ティレナは従順に頷《うなず》いた。

「はい。本日はお目にかかれて、恐悦至極《きょうえつしごく》にございます」

「はははは！　姉とは違って豪胆な娘だ！」

我ながら白々しく媚《こ》びたものだと思ったのに、マディウスは呵々《かか》と笑った。

とりあえず、彼の気を逸らすことには成功した。自分に興味を引きつけられているうちは誰も殺されない。

（だけど、この先はどうしよう……）

後先考えない行動を悔いていると、マディウスが言った。

「どうせなら、その生意気な男を徹底的に躾《しつ》けてやれ」

「……躾《しつけ》？」

「二度と歯向かう気が起きぬよう、とことんまで打ち据えるのだ。お前が本心から儂の役に立ちたいと言うのなら、簡単なことだろう？」

息を詰めるティレナに、マディウスはたたみかけてきた。

「どうした。さきほどの振る舞いは演技か？　それともやはり、あの子供が切り刻まれるところを見せてやろうか？」

――見透かされかけている。

ティレナは内心を悟られぬよう、「まさか」と微笑んだ。

我が身さえ無事なら同胞をやすやすと切り捨てる、狡猾《こうかつ》な女に見えるように。

「薄汚れた奴隷同然の男に、何度も触れるのが嫌だっただけです。同じガゼット人とはいえ私は貴族で、この者はただの平民ですから」

「くだらないこだわりだな。儂からすれば、どちらも虫けら同然だ」

「おっしゃるとおりです。私も慢心《まんしん》しておりました」

それ以上マディウスと顔を合わせていると、ぼろを出してしまいそうで、再び青年に向き直ったところで——ぎくりとした。

理不尽に頬を打たれ、こんなやりとりを聞かされた彼は、きっとティレナのことを軽蔑するか、怒っているものだと思ったのに。

実際の彼は、場違いなほど澄んだ目でティレナを見上げていた。

殴られた頬はわずかに赤くなっていたが、虫が止まったほどにも動じていない様子だ。

「っ……」

何かを言えば、心がくじけてしまいそうだったから。

ティレナは歯を食いしばり、青年の頬をまた打った。

手加減をすればマディウスに見抜かれると思い、力の限り何度も。ときには、返す勢いのまま手の甲でも。

どれだけ殴っても、青年の頭はぐらりとも揺れなかった。

打たれる瞬間も目を開けたまま、まっすぐにティレナを見つめ続けた。

ティレナの掌はじんじんと熱を持ち、慣れないことをしたせいで手首をひねった。痛みに顔を歪めているのは、青年ではなくティレナのほうだ。

(こんなこと、いつまで……)

申し訳なさに泣きたい衝動を堪えていると、青年がふいに動いた。

跪いた姿勢からさらに体を深く折り、地面に額をつけてみせる。

「さきほどの浅慮をお詫びいたします。――マディウス陛下に忠誠を」

初めて聞いた彼の声は、低くなめらかで、耳に心地よかった。

口にする内容とは裏腹に、卑屈な響きは一切なく、舞台役者が台詞を読み上げているかのようだ。

「わ……私も誓います！　マディウス陛下に忠誠を！」

子供の母親が声を張り上げた。

それを皮切りに、他の捕虜たちも口々に叫び、青年と同じように額《ぬか》ずいた。

「マディウス陛下に忠誠を！」

「我らの身も心もすべて陛下のものです！」

「マディウス陛下、万歳！　万歳！」

それはひどく滑稽《こっけい》で、痛ましい光景だった。

どうしても助かりたい捕虜たちは、人としての尊厳をなげうって、必死に尻尾を振ってみせた。

果たして、ティレナが一か八かの賭けに出たのと同じように。

果たして、その結果は吉と出た。

「人はなんと愚かで単純よ」

マディウスは呆れたように笑い、兵士長に命じた。

「その者らは使用人として生かしてやれ。身も心も儂のものだと誓ったとおり、死ぬまで奴隷となって働けるのだ。嬉しかろう？」

「は……はいっ！」

「ご厚情に感謝いたします！」

「陛下のためにお仕えできて、光栄にございます……！」

命拾いした捕虜たちが声を揃《そろ》え、地面にめり込むほど、なおも額を擦りつける。

席を立ったマディウスは、警護の兵を従えて王城へと戻っていった。観客席に残されたのは、泣き疲れてへたり込むエレインだけだ。

（よかった……――）

全身から一気に力が抜け、ティレナもその場に膝をついた。

――と。傍らで身を起こす黒髪の青年と目が合った。

非力なティレナの殴打《おうだ》でも、回数を重ねたために、その頬は赤く腫《は》れていた。

自分のしたことを改めて突きつけられ、ティレナの顔から血の気が引いた。

「ご……――」

ごめんなさいと口にする間もなく、彼は他の捕虜とともに引き立てられていった。

ティレナのほうにも別の兵士がついて、エレインを連れて部屋に戻れと言われる。

姉のもとに向かいながら、ティレナはさきほどの記憶を反芻《はんすう》した。

（今のは気のせい？　きっとそうよね……でも……）

普通に考えればありえないが、去り行く間際、青年はティレナに向けて薄く微笑んだように見えたのだ。

ティレナが後悔と自己嫌悪に瞳を潤ませていなければ、もっとはっきり見て取れたかもしれなかった。

◆　◆　◆

刑場を引き上げて自室に戻るなり、エレインは熱を出した。

彼女は昔から繊細で体が弱く、少しでも衝撃的な体験をすると、発熱して寝ついてしまう子供だった。

ティレナのほうがひとつ年下だが、三歳のときにはすでに姉の身長を追い越していた。こちらはエレインとは正反対のお転婆《てんば》で、屋敷の庭で木登りをしたり、従兄弟《いとこ》たちに混ざって馬に乗りたがったりと、別の意味で両親をはらはらさせていたものだ。

「ごめんね……」

寝台に横たわったエレインは、細い声で言った。

蝋のように白い姉の顔色は、熱を出して赤みを帯びているほうが、皮肉にも健康的に見えてしまう。

翠《みどり》の瞳は姉妹ともに同じだが、鮮やかなティレナのそれに比べ、エレインはやや淡い色合いをしていた。栗毛《くりげ》というのも共通しているが、柔らかく波打つエレインの髪に対し、ティレナはさらさらとした直毛だ。

「気にしないで、姉様。看病なんてもう慣れっこよ」

水に浸《ひた》した布を姉の額にのせると、ティレナはあえて軽く言った。

ここでのティレナはエレインの妹であり、侍女でもあるという扱いだ。人員不足の城では、異国の愛妾ごときのために、使用人の手を割《さ》く余裕もないらしい。

食事や風呂の湯は用意されるものの、それは厨房や湯沸かし室まで取りに来いという意味で、ティレナは一日中城の中を駆けずり回っていた。

母国では仮にも侯爵令嬢であり、誰かに世話を焼かれるのが当たり前だったので、最初こそ面食らった。

それでもあくせくと体を動かすことは、そう悪いものでもなかった。

我が身を嘆《なげ》いて悲観的になる暇《ひま》もないし、そもそも不遇だというのなら、当のエレインに勝《まさ》る者はいない。

彼女がガゼット王の婚約者でなければ——あるいは、これほどに麗しい容姿の持ち主でさえなかったならば。

それらの要因が揃っていたばかりに、エレインはマディウスに目をつけられた。

玩具として弄《もてあそ》ぶなら見目のいい女のほうが愉《たの》しめる上、王妃となるはずだったエレインを蹂躙《じゅうりん》することで、ガゼットの民に屈辱《くつじょく》を与えることも叶うからだ。

「窓を開ける？　風が通ったほうが、気分もよくなるかもしれないわ」

枕元の椅子から立ち上がり、ティレナは窓辺に向かった。

エレインに与えられた部屋はそれなりに広いが、寝台に衣装棚、食事用のテーブルと鏡台があるくらいで、調度品自体も質素なものだ。

両開きの窓を開けると、晩夏《ばんか》の生ぬるい風が、腰まで届くティレナの髪をなびかせた。

四階の高さから見下ろせるのは、雑草が生い茂る裏庭と、歩哨《ほしょう》が定期的に巡回する二重の城壁だ。

（やっぱり、ここから逃げるのは無理よね……）

縄梯子《なわばしご》か何かで下に降りたところで、あの堅牢な城壁は越えられない。

唯一の出入口である部屋の扉には、もちろん見張りの兵士が立っていた。

ティレナだけなら用事のために行き来できても、マディウスの呼び出しがあるとき以外、エレインが外に出ることは許されていなかった。

（だけど、絶対に諦めない。いつか機会があれば、きっと――）

決意を新たにして枕辺《まくらべ》に戻ると、エレインは再び「ごめんね」と繰り返した。

「まだ言ってるの？　実の妹相手に気を遣いすぎよ、姉様」

「そうじゃなくて……」

エレインは弱々しい声で遮《さえぎ》った。

「さっきのこと。捕虜たちのために、私は泣くだけで何もできなかった。……あとになってから気づいたの。ティレナがあの人を叩いたのは、マディウスの気を逸らして皆を守るためだったんでしょう？」

図星をつかれたティレナは口ごもり、右手に視線を落とした。

掌にはまだ、青年の頬を打ったときの痺《しび》れが残っている気がする。

「……結果的にはそうなったけど、上手くいく保証はなかったから。我ながら無茶だったと思う。――あの人にも、すごくひどいことをしたし」

「ティレナは昔から勇気があるわ」

エレインは目を細めて息をついた。

「木登りとか乗馬とか、幽霊屋敷の肝試しとか。私には怖くてできないことを、簡単にやってのけるティレナが羨《うらや》ましかった。さっきだって、皆に憎まれることを覚悟であんな真似……私じゃ思いつきもしなかった」

「そんな立派なものじゃないってば」

ティレナは心底から言った。

掌の痺れが増して、金色の瞳が脳裏に浮かぶ。

凪《な》いだ湖のような、けれどその下には激しい情熱を秘めているような――あの瞳を思い出すと、申し訳なさとは別にひどく落ち着かない気分になる。

「それを言うなら、私こそ姉様が羨ましかったんだから」

思いを打ち切るように、ティレナは話題を変えた。

エレインにとって厭味《いやみ》に聞こえないよう、おどけた口調で。

「姉様は皆が憧《あこが》れる美人だし、刺繍《ししゅう》や編み物も上手だし。初めて求婚されたのは五歳のときよね。私のことは『男女《おとこおんな》』って馬鹿にする幼馴染のアンソニーが、姉様には真っ赤になって花束を渡して。緊張で汗だくになりながら、『僕のお嫁さんになってください！』って」

「そんなこともあったわね」

懐かしい思い出に、エレインがくすりと笑った。

この国に来て以来、憂い顔ばかりの彼女が笑ってくれると、曇り空に光が射すような気持ちになる。

「せっかくそう言ってくれたのに、ティレナが怒って追い返しちゃったのよね。『あんたなんか姉様にふさわしくない。姉様がお嫁に行くのは、私が認めた相手じゃないと許さないんだから！』って」

「大好きな姉様を誰かにとられるのが嫌だったのよ」

当時のことを思い出し、ティレナは苦笑した。

似ていない性格の姉妹だったが、自分たちはとても仲が良かった。年子《としご》ということもあり、絵本も玩具も共有して遊んだし、なんでもあけすけに話せる間柄だ。

ティレナにとって誰よりも大切な存在は、間違いなくエレインだ。できることならいつまでも、二人一緒に暮らしていきたかったが。

「でもさすがに、ルディオ様からの求婚は私も反対できなかったわ」

「相手が王様だから？」

「姉様が初めて、自分から好きになった人だったからよ」

今から三年前、ガゼットの王太子だったルディオは、流感に倒れた父王の急逝《きゅうせい》により即位した。

当時の彼はまだ二十五歳で、一国の王としては若すぎるという周囲の懸念もあった。

それでも生来の実直さで政務にあたり、歳の近い二人の弟の力も借りて、堅実な治世を目指していた。

そのルディオがエレインに求婚したのは、戴冠式から一年後。

国政が軌道《きどう》に乗り始めた時期で、エレインの十八歳の誕生日でもあった。

それより以前から、内々の話は進んでいた。万事に控えめで穏やかなエレインに惹《ひ》かれたルディオは、直筆の恋文や贈り物をことあるごとに届けさせた。

エレインもルディオの誠実さに応《こた》えるべく、未来の国母という大任を引き受ける覚悟を決めた。

引っ込み思案な姉がそこまでの決心をした以上、ティレナもその選択を尊重しないわけにはいかない。

二人の婚約は、国民たちにも好意的に受け入れられた。結婚の準備は着々と進められ、エレインが二十歳となる今年の秋に挙式が行われる予定だった。

リドアニアの襲撃さえなければ、エレインはもうじき、夫の腕に抱かれて幸福に微笑んでいたはずなのに。

「ルディオ様に会いたい……」

ぽつりと呟く姉に、ティレナは胸を衝《つ》かれた。

「大丈夫。会えるわよ。ルディオ様が姉様を見捨てるわけない。きっとそのうち、ガゼットからの助けが来るわ」

「そうね……そう信じたいけど……」

エレインは顔を歪め、寝間着の袖《そで》をめくって折れそうに細い腕を晒《さら》した。

「こんな体にされたのに、ルディオ様はまだ私を愛してくださると思う？」

ティレナは息を呑んだ。

湯浴みの手伝いもしているから、今の姉の体がどんな状態かは知っている。

だが、何度見ても慣れることなどできるわけがない。

玉のようだったエレインの白い肌には、鞭打《むちう》ちの傷やケロイド状の火傷痕が斑《まだら》に重なっていた。

腕だけではなく、胸にも背中にも臀部《でんぶ》にも――秘められた女の園に近い部分まで、正視に耐えない傷だらけだ。そのうちのいくつかは、おそらく一生消えずに残る。

「当たり前じゃない」

声が上擦らないよう、ティレナはゆっくりと口にした。

「姉様は今でも、ルディオ様の愛する姉様のままよ。たとえ、あいつに何をされたって――」

エレインに無惨な傷をつけたのは、言うまでもなくマディウスだ。

初めて彼に呼び出された日の翌朝、エレインは死人のように青くなり、口もきけない状態で戻ってきた。

愛する婚約者がいるのに、憎い敵国の王に手籠《てご》めにされたのだから無理もない。

姉の心境を思い、ティレナは悔し涙を流した。

いっそのこと、自分を身代わりにしてくれと兵士を通じて訴えたが、まったく相手にされなかった。

せめて姉の悲しみに寄り添い、自分だけは味方だと励ますつもりだったが、エレインの様子がどうにもおかしい。

とにかく寝かせようと体に触れると、焼き鏝《ごて》でも押し当てられたような悲鳴をあげた。

結論から言うと、それは決して大げさではなかった。

時間をかけて事情を聞き出したところによれば、エレインは昨夜、マディウスの寝室に呼ばれたのではなかったらしい。

兵士に連れていかれたのは、城の地下にある石造りの部屋だった。

囚人を繋ぐ牢のような場所で待っていたのは、椅子に座るマディウスと、禿頭《とくとう》の大男だったという。

エレインは大男に服を剝がれ、両手首を縛られて天井から吊るされた。

その先に待っていたのは、凌辱は凌辱でも、男女の行為ではなかった。

大男がエレインの背に鞭を振るい、溶けた蝋燭を垂らして絶叫させると、マディウスは手を叩いて喜んだ。

『お前の悲鳴は、なんと耳に甘いのか』

恐怖と苦痛に歪む女の顔を見るのが、何よりの悦《よろこ》びなのだと彼は語った。

それがいかにも楚々《そそ》とした、影のある美女であればあるほど愉悦が増すのだと。

『せいぜい儂《わし》を愉しませるよう努めることだ。ここで慰《なぐさ》み者となっている間は、ガゼットに二度目の襲撃をかけるのは待ってやろう』

すべてを聞いたティレナは愕然《がくぜん》とした。

人としての情も良識もないと思っていたが、マディウスは明らかに狂っている。

彼の卑劣さは、自分では手を下さないところ。大男に命じた加虐行為が終わると、自らエレインの縄を解《ほど》き、傷の手当てをしてやることだった。

『よく耐えたな。さすが儂の見初《みそ》めた女だ』

猫撫で声で褒められ、極限状態に置かれて判断力の鈍《にぶ》ったエレインは、そんな彼に次第に服従していく。

理性では鬼畜のような男だとわかっているのに、偽りの優しさにすがろうと必死になる。

そうして我に返ると己の弱さに絶望し、妹の前で泣き崩れるのだ。最近では「死にたい」と口走ることすらあって、ティレナは気が気でない。

「ルディオ様に嫌われたくない……あの方に見捨てられたら、私……もう……」

「お喋りはやめて休んで、姉様。薬は飲めそう？」

思い詰めた様子の姉に、ティレナは解熱効果のある薬湯《やくとう》を半ば無理やりに飲ませた。

やがて瞼《まぶた》が重たげに下がり、寝息が聞こえてくる。ほっとしたが、就寝中に悲鳴をあげて飛び起きるエレインを何度も見ているので油断はできない。

(……今の姉様にとって、ルディオ様は神様みたいな存在なのね)

愛されているうちは幸せの絶頂でも、突き放されればこの世の終わり。

そんなふうに自分のすべてを他者に委《ゆだ》ねてしまうことを、ティレナは少し怖いと思う。

誰かを愛する気持ちが人を強くもし、苦しめもする――それが恋というものなのか。

(私にはまだ、そこまでの経験はないからわからないけど……)

好いた異性に想われる喜びも、やむなく引き離される切なさも、ティレナは知らない。

誰より近くで過ごしてきた姉の気持ちにも、本当のところでは寄り添えていないのかもしれないけれど。

(姉様が悪い夢を見ませんように……いつかきっとルディオ様のもとに帰って、幸せな花嫁になれますように――……)

胸に手を当て、ティレナは祈った。

ドレスの布地ごしに、硬くて小さな感触がこつりと触れる。

首から提《さ》げた銀鎖《ぎんさ》を通して、何年も身に着けている大切な〈お守り〉。

それに触れている間だけは、不安だらけの心がわずかに凪《な》いで、儚《はかな》い希望でも信じてみようという気になるのだった。

2　鍛冶工房にて

ティレナが「彼」の姿を再び目にしたのは、刑場での出来事からひと月後のことだった。

その日もティレナは、雑用のために忙《せわ》しなく城内を駆け回っていた。

目が覚めたらまず、エレインの使う洗面用の水を汲《く》みに行く。

厨房から朝食を運び、食べ終わった器《うつわ》を返しに行く。

汚れ物を洗濯室に届けて、洗ってもらうようお願いする。

人の手を借りられない以上、やることは山ほどあった。

そんな中で顔を合わせる使用人たちは、今や半分近くがガゼットの民だった。

マディウスを恐れて逃げ出した者たちの穴を、母国からの捕虜が埋めている。彼らが結託して反逆しないよう、リドアニア側の使用人が厳しく監視しているといった状況だ。

以前のティレナと捕虜たちは、親しく会話を交わすとまではいかずとも、同じ国の者同士、通じ合っている気配があった。

置かれた立場は違えど、生まれた土地から引き離され、自由を奪われている点では一緒だからと、ティレナに対して同情的な者たちが多かった。

しかし、今は。

「あの、今朝出した洗濯物はもう乾いてます？」

「そこだよ。見ればわかるだろ」

「……すみません。いつもありがとう」

つっけんどんな洗濯女に、ティレナはめげずに礼を言った。

下着や敷布が入った籠《かご》を抱え、他の女たちが火熨斗《ひのし》を当てている合間を縫《ぬ》って、そそくさと洗濯室をあとにする。

誰も何も言わないが、冷ややかな視線が背中に刺さるのを感じた。

（……これも自業自得よね）

仕方がないと納得しているつもりだが、心が重くなるのを止められない。

先日の刑場での一幕は、捕虜たちの間にあっという間に知れ渡っていた。

今のティレナは、ガゼット王の未来の義妹《ぎまい》でありながら、マディウスに媚《こび》を売って同胞の青年を打ち据えた非道な悪女だ。

ティレナ自身、あれが最善の策だったとは思っていない。

もっと他にやりようがあったのではと悔いているが、こうしてあからさまに敵意を向けられると、味方など一人もいない気がして胸が塞《ふさ》ぐ。

唯一の救いといえば、あのときの母子も使用人として庭仕事を与えられ、捕虜たちの居住区で暮らしているという噂を耳にしたことだった。

その話には純粋にほっとしたが、

(……あの人はどうしてるのかしら)

知れるものなら、自分がひどい目に遭《あ》わせた青年の現状も知りたい。体格が良かったから、従事させられているとしたらやはり肉体労働だろうか。

考え事をしながら歩いていたせいで、中庭を突っ切ろうとしたティレナは足元の石に蹴《け》躓《つまず》いた。

転ばずにはすんだが籠が傾き、昨夜の雨でできた水溜まりに、洗い立ての洗濯物がはらりと落ちた。

「あぁっ……」

思わず絶望的な声をあげてしまう。

じわじわと茶色い水を吸っていくのは、枕を包《くる》むための布だ。

元は素っ気ない無地だったが、エレインが手ずからリラの花の刺繍を施した。『何かしていないと、嫌なことばかり考えてつらくなるから』と言って。

（もう一度洗ってもらうってわけには……いかないわよね）

洗濯女たちの態度を思い出し、ティレナは溜め息をついた。

せっかくの刺繍に汚れがこびりつくのは困るし、せめて軽く濯《すす》いでおこう。今晩寝るまでには乾かないかもしれないが、仕方ない。

（確か、この近くに井戸があったはず）

泥水を吸った布を拾い上げ、おぼろげな記憶を頼りに歩くうち、積み煉瓦《れんが》に囲まれた井戸が見えてくる。

そこには一人の先客がいた。

滑車《かっしゃ》を鳴らして釣瓶《つるべ》を引き上げていた人物が、気配に気づいて振り返った。

「――あっ」

ティレナは反射的に立ちすくんだ。

相手も驚いたように、軽く目を瞠《みは》っている。

その印象的な金の双眸《そうぼう》を忘れるわけもない。

ついさっきも、どうしているかと案じていた例の青年だ。

「あのっ……」

怯《ひる》みそうになる自分を叱咤《しった》し、ティレナは前に出た。

何かを言いかける彼に向けて、深々と頭を下げる。

「この間はごめんなさい……！」

こんなふうに謝ったところで、彼にとってはいまさらだろうが。

「いきなり叩かれて、怒っているわよね。あなたの気がすむまで、仕返ししてくれて構わないから」

一方的に暴力を振るった以上、殴られても蹴られても文句は言えない。

衝撃を覚悟して目を閉じたが、しばらく待っても何も起こらなかった。

そろそろと顔を上げれば、青年はうんざりとも困惑ともつかない表情を浮かべていた。

「……あんたはいつも、自分の考えだけで先走るんだな」

青年のぞんざいな口調に、ティレナは面食らった。

無礼だと怒る気持ちとは、無論違う。

改めて見ると、彼の顔立ちにはどことなく品があった。その洗練具合と話し方の落差に戸惑ったのだ。

着る物を改めたら、貴族だらけの夜会にまぎれ込んでいても違和感がない。むしろ群を抜いて目立ち、令嬢たちの熱い視線を集めそうだ。

「それはどうした？」

思わず見入っていると、青年が言った。

「あんたが持ってる泥色の布だ」

「あ、これは……さっきそこで落として」

しどろもどろに事情を説明すると、青年は周囲を窺うように視線を走らせた。

「時間があるなら、俺の工房に来い」

「工房？」

「俺は鍛冶師《かじし》だ。炉《ろ》に火を入れておけば、それくらいはすぐ乾く」

それ以上の説明は不要とばかりに、青年は水の入った手桶を提げて歩き出した。

わずかな逡巡《しゅんじゅん》ののち、ティレナはその背中を追いかけた。籠を抱えて小走りになりながら、「ねぇ！」と呼びかける。

「私はティレナ。あなたは？」

名前も知らない男についていくのが不安だというより、ただ彼のことが知りたかった。

口調は粗野なのに、ふとしたときの仕種が優美で。

親切なのか素っ気ないのか、判断がつかなくて。

こんな男の人には、これまで会ったことがない。

振り返りもしないまま、彼は記号でも告げるように口にした。

「――ラーシュ」

と。

◆　◆　◆

城を囲む二重の城壁の狭間には、納屋《なや》や厩舎《きゅうしゃ》、豚小屋に鶏小屋など、独立した建物が並んでいた。

石造りの鍛冶場もそのひとつで、ティレナにとっては物珍しいものばかりだった。

足踏み式の鞴《ふいご》に、加熱した金属を叩いたり伸ばしたりする土台の鉄床《かなどこ》。

大量の木炭に、何種類もの鎚《つち》と鏨《たがね》。様々な形の火挟みに、砂を注《そそ》いで使う木製の鋳型《いがた》。

肝心の火炉《かろ》は大人が潜り込めそうなほどに大きく、ラーシュが木炭を燃やし、鞴を踏んで空気を送ると、細かな火の粉がきらめきながら飛び散った。

実際の作業中は助手が出入りすることもあるが、今は彼とティレナの二人だけだった。

「ふた月前、ここの責任者だった男の首が飛んだらしくてな」

炉の温度を調整しながら、ラーシュがこちらを見ずに話し出す。

「首って……」

「文字通りの意味だ。マディウスに献上した剣が刃こぼれして、怒りを買って」

親指で喉元を掻っ切る仕種に、ティレナはぞっとした。

マディウスの趣味は刀剣類の蒐集《しゅうしゅう》で、珍しい異国の武器や、伝説上の剣を模したものなどを好んで作らせていたという。

兵士らに支給される武器とは別に、この工房は、好事家《こうずか》のマディウスを満足させる品を生み出すための場所なのだ。

しかし、マディウスの無理難題に応えられる者はそうおらず、後任が見つからずにいたところ、ガゼットの捕虜の中に鍛冶師を名乗るラーシュがいた。

試しに短剣を作らせてみると、その繊細な仕上がりをマディウスはいたく気に入った。ちょうど主をなくした工房を任せるから、好きに使えと言われたそうだ。

「ということは、ラーシュはすごく腕がいいのね」

捕虜とはいえ、彼が割合まともな環境にいることに、ティレナはほっとした。

刑場でのいざこざにもかかわらず、実力のある者を正当に取り立てるところだけは、マディウスを見直してもいいかもしれない。

「それを貸せ」

炉を整えたラーシュが、汚れた布をティレナからひったくった。

その場にしゃがみ込むと、さきほど汲んできた水に浸けて洗い出す。とっさのことに面食らったティレナは、我に返って駆け寄った。

「い、いいわ。自分でするから」

「とろ臭いお嬢様より、俺がやったほうが速い」

口にされる内容は失礼だが、何故か嫌な感じはしなかった。

枕布を擦り洗いする手つきも丁寧で、普段から身の回りのことは一人でしているのかもしれなかった。

汚れが落ちて刺繍が見えてくると、ラーシュは呟いた。

「リラの花か」

「姉様が——姉が刺繍したの。私の分とお揃いで」

頷くだけだと素っ気ない気がして、ついどうでもいいことを話してしまう。

「リラはガゼットの国花だし、私たちも一番好きな花だから」

「……建国祭の時期は壮観だからな」

「そう！　ラーシュも見たことある？」

とっさに声が弾んでしまった。

ガゼットの建国祭は、別の名をリラ祭りという。

ちょうどその時期、街路樹のリラの木が淡紫の花を開花させ、香水の原料ともなる甘い香りが王都中を包むのだ。

ガゼットの民は大抵この花が好きだが、ラーシュも王都に住んでいたのか、あるいは祭りの時期に訪れたことがあるのだろうか。

ティレナの問いには答えず、ラーシュは布を固く絞って立ち上がった。

天井付近にはロープが張られ、彼のものと思われる衣類がかけられている。普段からそうして洗濯物を乾かしているらしく、洗ったばかりの布もロープの端に吊るされた。

炉の中の木炭が安定して燃え始め、周囲の温度はじわじわと上がった。

「ここはもっと暑くなる」

来い、と招かれてついていくと、工房の奥は彼が寝起きする部屋になっていた。

食事用のテーブルと椅子。それから、一人用の簡素な寝台。

ラーシュはその寝台に座ると、ひとつしかない椅子をティレナに勧めた。

「ありがとう」

内心のどぎまぎを悟られないよう、ティレナは腰を下ろした。

身内以外の男性の部屋に入るのは初めてで、妙に意識してしまう。ラーシュは悪い人ではないと思うが、誘われるままについてきたのは、さすがに軽率すぎただろうか。

「不安か？」

ラーシュの声に、ティレナはぎくりとした。

自意識過剰なのを悟られたようで、瞬時に頬が熱くなる。

「違うの、ラーシュを疑ってるわけじゃなくて」

「疑うところだろう、そこは」

ラーシュの口角がわずかに上がった。

笑ったのだと気づくまでに、少しの間を要した。

「あんたが俺にしたことを考えれば、人目につかないところに連れ込まれての『仕返し』を警戒するのは当然だ」

「やっぱり恨んでる……？」

身構えるティレナに向けて、ラーシュは首を横に振った。

「そもそも、刑場でのあれは演技だろう」

あっさり言われて、ティレナは目を見開いた。

唇が空回りし、やっと紡ぎ出せた声は驚きにかすれていた。

「……どうしてそう思ったの？」

「俺を殴りながら、あんたは泣きそうだった」

ラーシュの口元から笑みが消える。

「俺はあのとき、子供を守ろうとして兵士を突き飛ばした。マディウスの矛先《ほこさき》がこっちに向いたのに気づいたあんたは、大事《おおごと》になる前に止めようとしたんだろう。結果的に子供も母親も他の捕虜たちも助かった。俺一人の顔が腫れるくらいですむなら安いもんだ」

ティレナは、喉奥がぐっと狭まるのを感じた。

――わかってくれていた。

身内であるエレインにだけでも理解されればいいと思っていたが、他の捕虜たちから憎まれるのは存外にこたえていたのだと、ラーシュの言葉で思い知らされた。

真意が伝わっていたと安堵する反面、痛い目に遭わせた申し訳なさも余計に募る。何かを言えば泣いてしまいそうで唇を噛みしめていると、

「だがな」

とラーシュは釘を刺すように言った。

「一歩間違えば、あんたまでマディウスに目をつけられるところだった。保身も考えず他人を救おうとするのは勇気じゃない。無謀《むぼう》だ。先走るっていうのはそういう意味だ」

「それを言うならラーシュだって」

ティレナはつい言っていた。

「兵士を突き飛ばして、そのあとはどうするつもりだったの？」

「なんとかする」

「なんとかって」

「なんとかって言ったら、なんとかだ」

「……子供みたい」

ティレナの呟きに、ラーシュがむっとしたように黙った。

その表情が意外に可愛《かわい》らしくて、ティレナは吹き出した。

「ごめんなさい。——それから、ありがとう」

肩の力が抜けて、やっと素直に言えた。

「あの場を切り抜けるために、もっといい方法があったんじゃないかって後悔してたの。それは今も変わらないけど、あなたに誤解されてなかったのが……嬉しくて」

ティレナは身を乗り出し、ラーシュの顔に手を伸ばした。

触れた頬には熱も腫れもないけれど、いたわるように撫でずにはいられなかった。

「本当にごめんなさい。痛かったでしょう？」

顔を近づけて囁くと、ラーシュの視線が横に逸れた。

「別にあれくらいは——……それより、近い」

「近い？」

「あんたは貴族の女だろう。男との適切な距離ってやつを学んでないのか」

ティレナは慌てて身を引いた。

端から見れば、寝台に座ったラーシュに、自分から身を乗り出して迫るような構図だったかもしれない。

「その、今のはそんなつもりじゃなくて」

「ああ」

「姉にもよく言われるの。『ティレナは考えなしなところがあるから気をつけて』って」

「だろうな」

淡々と返され、一人で焦っている自分が余計に恥ずかしくなってくる。

できれば帰りたいところだが、枕布が乾くにはまだかかるだろうし、間がもたずに困っていると。

「あんたは、その姉と仲がいいのか？」

助け船を出すように、ラーシュのほうから尋ねてきた。

ティレナはここぞとばかりに、「ええ」と頷いた。

空気を変えたかったということもあるが、大好きな身内の話を聞いてもらえるのが単純に嬉しかった。

「姉様は私と違って思慮深いし器用だし、何よりすごく綺麗なの。国王のルディオ様に求婚されるまでにも、何十人もの求婚者がいたんだから」

「ふたつ名を聞いたことがある。確か、『オルトワ侯爵家の珠玉《しゅぎょく》』だったか」

「そう。そんなふうに褒められて、本人は恥ずかしそうだったけど。そういう控えめなところも、姉様のいいところなの」

まるで自分のことのように胸を張ったが、ラーシュの次の言葉にティレナは表情を強張らせた。

「その珠玉にマディウスが疵《きず》をつけたのか」

「疵だなんて……！」

ティレナは気色《けしき》ばんで立ち上がった。

なんの落ち度もないエレインを貶《おとし》められたようで、懸命に言い募った。

「どんな想像をしてるのかわかるけど、違うから。姉様は確かに、マディウスに痛めつけられたけど、でも……っ」

「落ち着け」

ラーシュがティレナの手首を摑み、下に引いた。

「俺の言い方が悪かった。——卑《いや》しい勘ぐりをしてすまない」

「ううん、私こそ……姉様にひどいことをしたのはマディウスで、あなたじゃないのに」

ティレナは肩を落とし、再び椅子に座った。

エレインが性的な辱《はずかし》めを受けているという、周囲の思い込みはやむないことだ。

彼女の苦しみの半分は、おそらくそこにある。

周囲に気を遣う性格のエレインは、自分がどう思われているかにも敏感だ。たとえ純粋な同情であったとしても、「穢《けが》された」と見られることが耐え難《がた》いのだ。

全員に訂正して回るわけにはいかないけれど、エレインの名誉のために、一人だけでも真実を知っていてほしい。

鞭打ちや蝋責めといった暴力こそ受けているけれど、彼女の身はいまだに純潔で、ルディオの婚約者たる資格を失ったわけではないのだと。

ティレナの話を聞いたラーシュは、小さく息をついた。

「そうか——……単純によかったとも言えないが」

「姉様を心配してくれてるの？」

意外な思いでティレナは尋ねた。

他人の子を助けようとしたり、汚れた洗濯物を洗ってくれたりと、ラーシュが優しい人だということはわかったが、ここまで安堵した表情を見せるとは思わなかった。

「同じ国の人間だからな」

「……そう」

なんとなく釈然《しゃくぜん》としないでいると、ラーシュが動いた。

床に膝をつき、寝台の下から木箱を引きずり出す。中にはいくつかの小瓶が入っており、そのひとつをティレナに手渡した。

「火傷によく効く軟膏だ。塗ってやれ」

「姉様に？　どうしてこんなものを持ってるの？」

「鍛冶師は焼けた鉄と渡り合う仕事だからな」

一応理屈は通っているが、ラーシュは熟練の鍛冶師のはずだ。こんな薬を必要とするくらい、頻繁に火傷を負うものだろうか。

「言っておくが、変なものは入ってないぞ」

「そんなことを疑ってるわけじゃないけど……」

ともあれ、ラーシュの気遣いはありがたかった。

エレインのための薬はある程度支給されるけれど、増えていく傷のほうが多くて、追いつかないことがしょっちゅうだから。

「そろそろ乾いたかもな」

鍛冶場に戻るラーシュに、ティレナはついていった。

周囲の温度はさっきよりも高くなっていて、眼球が乾くほどだった。ロープに吊るした布も、もちろん乾燥している。

「これでいいか」

「ありがとう」

受け取って礼を言い、ティレナは奇妙な感覚を覚えた。

(姉様以外の人と話したのが久しぶりだから……かしら)

いざここを去るとなると、つまらないような寂しいような——こういう気持ちを、後ろ髪を引かれるとでもいうのだろうか。

「その薬」

ティレナの心を見透かしたかのように、ラーシュが言った。

「なくなったらまた来い。調達しておく」

「いいの？　それは助かるわ」

ティレナは勢い込んで頷いた。

またここに来られるという期待に、我知らず声が弾んだ。

「じゃあね、ラーシュ。——またね」

◆　◆　◆

それからというもの、ティレナはラーシュの工房にたびたび顔を出すようになった。

一番の目的は、姉のための薬をもらうこと。

例の軟膏はよく効いて、手に入れた経緯を話すとエレインは純粋に喜んだ。ティレナに自分以外の話し相手ができたことがよかったと言って。

「その人のこと、ティレナはずっと気にしてたものね。誤解も解けて友達になれたのならよかったじゃない」

「友達？」

「あら、違うの？」

からかうような笑みを浮かべられ、何をほのめかされているのかに気づいて、ティレナはしどろもどろに言った。

「と、友達よ。向こうはどうだかわからないけど、私は友達だと思ってる」

「そうね。友達なら親切のお返しをしないと。私の代わりによくお礼を伝えておいてね」

部屋を出られないエレインに代わり、感謝の品を届けること。これが工房に向かう第二の目的だ。

「ねぇ、甘いものは好き？　ビスケットを持ってきたから一緒に食べない？」

「……もらおう」

食べずに残しておいた菓子を差し出すと、ラーシュはぬっと手を伸ばした。

大柄な彼が、ビスケットをちまちまと齧《かじ》る姿には妙なおかしみがあって、微笑ましく見入ってしまう。はっきり口にしたわけではないが、どうやらラーシュは甘いものがかなり好きなようだった。

見入るといえば、ラーシュが仕事をしている姿も興味深かった。

まずは熱された火炉の中で、鉄鉱石をどろどろに溶かす。

沈みゆく夕日のような色に溶けた鉄鉱石は、温度を上げるにつれ不純物が流れ出し、軽石を思わせる見た目に変化する。

それを鉄床《かなどこ》にのせたのち、硬い鎚で引き伸ばす。飴状《あめじょう》になった鉄を折り返し畳んでは叩き、成分を均《なら》していく。

そうして形を整えたのちに、水や油に浸けて焼き入れする。硬度を保つための焼き戻しや研磨《けんま》などといった作業もあるが、これがおおよその工程だ。

ひとつの武器が生まれる流れを面白く見ていたティレナだが、次第に自分の関心は他にもあると気づいた。

質問をすれば律儀に答えてくれる、ラーシュの低い声。

火花を散らしながら鎚を振るう、上腕筋の盛り上がり。

溶けた鉄の照り返しに赤く染まる、精悍《せいかん》な頬の線。

それらに目を奪われ、工房の隅の椅子に座りながら、ティレナはひそかに鼓動を逸《はや》らせる。

うずうずする胸にそっと触れ、この感覚はなんなのかと自問する。

(友達相手に、こんなふうになるのはおかしくない……？)

色恋に疎いティレナのもとにも、十五を超えた頃から縁談の話がちらほらと舞い込んできた。エレインに比べれば少なかったが、ティレナを妻にしたいと求婚する男性もそれなりにいたのだ。

しかしその動機は、上級貴族であるオルトワ家と縁を結びたいという以上のものではなかったのだろう。

見合いの席で『好きなことは何か』と訊かれ、馬に乗っての遠駆けだと答えたら、『結婚したらさすがにやめてくださいね。うっかり落馬して、子供が産めない体になっては大変ですから』

と苦笑されたり、鼻白《はなじろ》まれることがほとんどだった。

エレインとルディオを見てきたティレナは、結婚するなら、互いをありのままに認め合える相手がいいと思ってしまう。

家格を重んじる貴族に生まれた以上、そんなことは子供じみた我儘《わがまま》で、夢物語でしかないのだとしても。

「何を考えてる?」

声をかけられ、ティレナは我に返った。

完成した刃に柄《つか》をつける作業をしつつ、ラーシュがこちらを見ていた。

「今、溜め息をついていただろう」

自覚はなかったが、縁談がひとつもまとまらなかったことを思い出して、憂鬱になっていたようだ。

「ラーシュは、乗馬をする女性ってどう思う?」

「……乗馬?」

いきなり何を訊かれるのかとばかりに、ラーシュが瞬きした。

ティレナ自身も、口にしてしまってから唐突すぎたとうろたえた。

「なんでもないの。ごめんなさい、変なことを言って……」

「いいんじゃないのか」

今度はティレナが瞬きする番だった。

「馬に乗れれば、いざというとき身ひとつでどこへでも行ける。動物に信頼される人間は、男だろうと女だろうと悪い奴じゃないはずだ」

「そう思う？」

喜色を浮かべたティレナに、ラーシュが尋ねた。

「あんたも乗るのか」

「そう。従兄弟《いとこ》たちが乗ってるのを見て、仲間に混ざりたくて。姉様を後ろに乗せたときは、『ティレナってば王子様みたいね』って言ってくれて。体の弱い姉様に何をさせるんだって、両親にはあとで叱られたけど……」

最初は楽しく話していたのに、あんな日々はもう戻らないのかもしれないと思うと、次第に声が沈んだ。

黙り込んでしまったティレナに、ラーシュが思い出したように言った。

「あれから、あんたの姉の様子はどうだ」

「姉様の？」

「マディウスは相変わらず彼女を地下室に呼びつけるのか」

地下にある例の拷問部屋のことだ。

ティレナは苦い気持ちを噛みしめ、頷いた。

「……そうよ」

エレインは夜が近づくと言葉少なになり、陰鬱《いんうつ》な表情でじっと膝を抱え込む。

実際に引き立てられていくときの彼女は、もはや悲鳴もあげない。泣き叫んで暴れもしない。

初めのうちは抵抗していたが、そんなことをすれば責め苦がより長く続くだけだと、身をもって理解させられてしまったのだ。

最近のエレインは、鞭打たれる最中にも痛みを感じないのだと言っていた。

拷問の途中で意識がふっと宙に浮き、虐《しいた》げられている自分を別の自分が見下ろしている心地になるらしい。

虚《うつ》ろな口調でそう話すエレインが、ティレナは心配で仕方ない。

今はかろうじて姉の形を保っているが、そのうち何か違うものにすり替わってしまうような気がして。

「……体の傷よりも、心のほうが問題だな」

話を聞いて、ラーシュの表情は険《けわ》しさを増した。

本気でエレインを案じてくれていることが伝わり、ありがたく思う反面、ティレナの胸はざわついた。

（……もしかして、ラーシュは姉様のことが好きなの？）

彼がエレインの姿を見たのは、例の刑場で一度だけ。

マディウスに泣いてすがっていても、姉の美しさはまったく損なわれていなかった。むしろ見る者の庇護欲をそそる哀れさに満ちていて、同情は時に愛情へとたやすく変化する。

エレインのための薬をくれたり、たびたび様子を尋ねたりと、単なる親切以上の何かを感じずにはいられなかった。

（友達だと思ってるのは、私だけなのかも。ラーシュが私をここに出入りさせるのは、姉様の話が聞きたいからで……）

やっぱり自分はおかしかった。

これまでのティレナなら、エレインに恋慕する男がいれば、「私の姉様に近づかないで」と苛立ちはしても、彼女に憧れる気持ちは理解できた。魅力的な姉を好きになるのは当然だと一定の共感を覚えたし、自慢に思う気持ちさえあった。

なのにラーシュに関しては、そんな共感も余裕も示せない。

体の奥からもやもやした暗雲が立ち込めるようで、ティレナは胸を押さえた。

ドレスの下にはいつもどおり、掌を押し返す感触がある。不安になると触れてしまうのは、長年の癖だ。

「……なぁ」

一段落したのか、ラーシュが作業の手を止めて体ごとこちらを向いた。

「それはなんだ？　よく胸を押さえてるが、あんたもどこか悪いのか？」

「ううん、違うわ」

ティレナは首に提げた鎖を引っ張り出した。

その先で揺れるのは、真鍮《しんちゅう》で象《かたど》られた五枚弁の小さな花だ。

「昔、人にもらったの。魔除けの効果があるっていうから、ずっと身に着けてるお守りなのよ」

ラーシュの瞳が、驚いたように見開かれた。

「……ずっと？」

「そう。もう七年……ううん、八年かな」

「そんなちゃちな作りのものを？」

「失礼ね。大事なお守りなんだって言ったでしょ」

真鍮の花に触れながら、ティレナは問わず語りに呟いた。

「これをもらったのは、リラ祭りの日だったの。私はまだ十歳で、一人で屋敷を抜け出して……――」

思い出すとまっさきに蘇るのは、星空の下で咲き乱れるリラの芳香だ。

甘い香りに誘われて足を向けた城下町で、ティレナは「彼」に出会ったのだった。

◆　◆　◆

（あぁ……これは迷っちゃったかも）

十歳のティレナは喧噪《けんそう》の中、周囲をきょろきょろと見回した。

建国祭の夜を迎えた王都の大通りは、大勢の人、人、人で埋め尽くされている。

満開のリラを見上げて笑い合う、仲睦まじい恋人たち。

田舎から連れ立って出てきたのか、見るものすべてにぽかんと口を開ける青年たち。

串焼きや揚げ物を売りさばく屋台の女に、天幕の下で酒を酌み交わす中年男たち。

若い娘はこの日のために新調した祭り衣装を翻《ひるがえ》し、踊りの輪の中へ飛び込んでいく。

決まった相手がいなくても、誰かに手を取られれば一曲だけは踊るのが祭りの夜のしきたりだ。そのまま意気投合し、本当の恋人になる例も多くある。

ティレナと歳の近い子供もいるにはいるが、母親と手を繋いでいたり、父親に肩車されていたりと大抵が保護者同伴だ。

日付も変わろうとする深夜、人の流れに揉《も》みくちゃにされ、来た道がわからずに困っているのはティレナくらいかもしれなかった。

（こっそり出てきたから、ばちが当たったのかも。これがジゴウジトクってやつ？）

反省しながらも、ティレナはさほど深刻にはなっていなかった。

自分はオルトワ侯爵家の人間で、迷子になってしまったと告げれば、警邏《けいら》兵が屋敷まで送り届けてくれるだろう。

ただし、両親に黙って家を出てきたことや、他人に迷惑をかけたことをこっぴどく怒られるのは確実で――できるならそれは避けたい。

（姉様へのお土産は買えたから、あとはなんとか帰れさえすればいいのよね）

ティレナがこんな冒険をしたのは、エレインのためでもある。

自分たち姉妹は毎年、建国祭の日を心待ちにしていた。王都中にリラの花が咲き、出店《でみせ》が並ぶにぎやかな祭りは、貴族も庶民も関係なく楽しめる催《もよお》しだ。

けれど心配性な母親の方針で、見物を許されるのは昼間だけ。

体の弱いエレインを夜更かしさせたくないし、人の多い場所で病気をもらってきては大変だというのが母の主張だった。日の高いうちに馬車を出し、通りを眺めるだけで帰ってくるのでは、面白くもなんともない。

ティレナとエレインは、二人して不満を漏らした。

『花火が上がるのも、踊りの輪ができるのも、大道芸が見られるのも夜だけなのに！』

『そうよね。夜のお祭りはもっとわくわくするんでしょうね』

『屋台で売ってるとんでもない色のねじり飴、一度でいいから食べてみたいのに！』

『あんなのを食べたらお腹を壊すってお母様は言うけど、私も本当は興味があるわ』

難攻不落な母に比べ、父のほうはいくぶん娘に甘い。姉妹は粘り強く交渉し、ようやく約束をとりつけた。

今年こそは父同伴で、夜の祭りに連れていってもらえるはずだったのだ。屋台のお菓子もひとつだけなら買っていいと言われ、二人は手を取り合って喜んだ。

だが当日になって、エレインは風邪をひき熱を出してしまう。

『私はいいから、ティレナだけでも連れていってやってください』

優しい姉はそう頼んでくれたが、父も母も首を横に振った。

『また来年、皆で行けばいいだろう』

『ティレナも我慢できるわね？　具合の悪いエレインを残していくのはかわいそうだし、不公平でしょう？』

両親の言い分は理解できたが、期待が裏切られ、ティレナは泣き出す寸前だった。姉を恨む気持ちはないが、それとこれとは話が別だ。

『本当にごめんね、ティレナ……』

二人きりで部屋に残されると、寝台に横たわったエレインが謝った。

妹がこの日をどれだけ楽しみにしていたか知るだけに、とても申し訳なさそうだった。

『私は駄目ね……この先もまた、こんなことがあったらどうしよう……』

『こんなこと？』

『私のせいで、ティレナの足を引っ張るようなこと。私に付き合わせて、したくもない我慢をさせるようなこと……そんなの、私は望んでないの』

熱のせいか潤んだ目で、エレインは妹を見据えた。

『私のことは気にしないで、ティレナは自由に生きて。私たち、姉妹でも別々の人間なんだもの。何がなんでも一緒ってわけにはいかないときだって、きっと来る』

あとになって思えば、この言葉は妙に暗示的だった。

エレインと共に敵国へ行くことを決めたとき、このときの出来事を思い出さなかったわけではない。

それでも今はまだ、姉の手を放すべきではないと判断した。自分たちは一心同体のように生きてきた姉妹で、離れ離れになるのは身を裂かれるほどに苦しいことだ。

――が、十歳のティレナは決然と言った。

『わかった。今夜皆が寝たら、こっそり抜け出してお祭りに行ってくる』

『ええっ？』

まさかそんなふうに受け取られるとは思わなかったのか、エレインがうろたえた。

『それはさすがに危ないわ。子供が夜に一人でなんて』

『大丈夫。姉様へのお土産に、お菓子だけ買ったらすぐ戻る』

『私のために？』

ティレナは頷いたが、これはちょっとずるかったな——と思った。エレインのためだとかこつけて、本当は自分が夜の祭りを見てみたかったのだ。そしてそんな我儘も、姉はきっと承知していた。

『……困ったことがあったら、すぐに大人に頼るのよ』

逡巡の挙句、エレインは言った。判断が甘いといえばそうだが、このときの彼女もしょせん十一歳の子供だったのだ。

『知らない人には絶対についていかないで。あんまり遅くなるようだったら、お父様とお母様に本当のことを話すから』

『わかった！』

夜になるのをじりじりと待ち、ティレナは作戦を決行した。作戦といっても、なるべく地味なブラウスとスカートに着替え、子供部屋の窓から抜け出すというざっくりした計画だ。

高台にあるオルトワ侯爵家の屋敷からは、王都の中心地が見下ろせた。昼間とは違い、無数のランタンが灯ったそこは、オレンジ色に揺れる星の海のようだ。

屋敷の裏木戸から抜け出したティレナは、石畳の坂道を駆け下りて祭り会場を目指した。お転婆で知られる身でも、こんな大胆な真似をするのは初めてで、全力疾走のせいだけではなく胸が高鳴る。

途中からは人出《ひとで》が増して、その流れについていくだけでよかった。明るいうちとはがらりと様子の違った街に、ティレナは浮き足立っていた。

（出店も見世物も、昼間よりずっとたくさんあるわ。ランタンの光がすごく綺麗……あっ、姉様と行こうって約束したお菓子の店もある！）

目当ての屋台では、二本のねじり飴を無事に買うことができた。黄色と紫のどぎつい着色がされていて、母が見たら間違いなく眉をひそめる代物だ。

小遣いはもらっていたが、一人で買い物をすることは初めてで、屋台の主人にお金を手渡すときはどきどきした。

「お父さんかお母さんは？」

と咎《とが》められたらどうしようと思ったが、何も言われなかったのにほっとし、戦利品の飴をポシェットにしまう。

目的を果たした以上、一刻も早く帰るべきだ。

わかってはいたが、にぎやかな非日常の誘惑に打ち勝てなかった。

縄抜けや曲乗りといった大道芸に目が釘づけになり、歌い手の美声に聞き惚れて。

怪しげな風体の占い師や、似顔絵描きにも興味が湧いて。

日付が変わる瞬間には花火が上がるというから、せめてそれまで――と散策するうち、人ごみに流され、帰り道がわからなくなって今に至る。

（お腹空いたな……何か食べたいけど、お金足りるかな？）

じゅうじゅうと脂《あぶら》の滴《したた》る串焼きの屋台を眺めていると、肩にぽんと手を置かれた。

「君、あれが食べたいの？　よかったら買ってあげようか」

振り仰ぐと、そこには小太りの男性が立っていた。

お兄さんというほど若くもないが、おじさんというほど歳をとってもいない。親しげな笑顔を浮かべているから知り合いかと思ったが、どう考えても見覚えのない人だった。

『知らない人には絶対についていかないで』

エレインの忠告を思い出し、ティレナは男に背を向けた。すぐに立ち去ろうとしたが、人が多すぎて前に進めない。

手首に湿った感触が絡み、ティレナはぎょっとした。

「駄目だぞー、迷子になるぞ」

男がティレナの手を引いて、脇道に連れ込んでしまう。まるで保護者のような態度だったから、周囲も妙に思わなかったのだろう。

「放して、……っ!?」

やっと我に返り、大声を出そうとしたときには遅かった。

男の手で口を塞がれ、裏通りの壁に背中を押しつけられた。あれだけ明るかったランタンの灯りも、ここまでは届かない。

「暴れるなよ……ちょっと触るだけだからよ……」

男がはぁはぁと息を荒らげ、ティレナの膝を撫で回した。

汗ばんだ手が徐々に遡《さかのぼ》り、スカートの内側に潜り込もうとする。

「んんっ……んーっ！」

自由にならない口でティレナは呻《うめ》いた。

何をされるのかはわからないが、絶対に良くないことだ。気をつけていたつもりなのに、いざ捕まってしまえば、力ではまったく抵抗できない。

男の手が下着にかかり、身が凍った瞬間だった。


「何してんだ、おっさん」


呆れたような誰かの声と、「うぐっ!?」という悲鳴が重なった。

目の前の男が股間を押さえて崩れ落ち、地面にうつ伏せに倒れる。

その後ろに立っていたのは、見知らぬ黒髪の少年だった。どうやら彼が男の急所を蹴り上げ、気絶させたらしかった。

角度によって緑にも黄色にも見える不思議な瞳が、立ち尽くすティレナを映した。

「間に合ったか？」

「間に合った……って？」

「こいつに変な真似されなかったかってことだ」

変な真似というのは、どこまでを指すのだろう。

脚を触られて下着を脱がされかけたが、どこも痛くはないし、傷ついてもいないと思う。

ただ今すぐお風呂に入って、全身をごしごし洗いたいほど気持ちが悪いというだけで。

「……平気」

ティレナは息をつき、改まって言った。

「ありがとう……助けてくれて」

「親とはぐれたのか？」

「ううん。私一人で来たの」

少年は「はぁ？」と顔をしかめた。

「あんたみたいな子供が、どうして一人でうろついてんだ」

「子供って言うけど、あなたもそう変わらないでしょ」

「俺は十三だ」

「……微妙じゃない？」

ティレナはぼそっと呟いた。この年代の三歳差は大きいが、十三歳ならまだ大人といえるほどではないと思う。

「なんでもいいから早く帰れ。こいつみたいな野郎にまた捕まったら面倒だろ」

「帰りたいんだけど、来た道がわからないの」

今度の「はぁ？」は溜め息交じりだった。

「あんた、いい家の子供だな」

何故わかるのだろうと瞬きすると、「服」と指をさされた。

「そのブラウスもスカートも絹だろう。いくら祭りでも、貴族以外はそんな上等な服で出歩かないのが普通だ。世間知らずっぽい顔してるしな」

「……だから知りたかったのよ。世間を」

ティレナはぼそぼそと言い訳した。

「夜のお祭りを見て、シャカイベンキョウをしたかったの。家からでも見られるけど、頭上であがる花火はすごく大きくて綺麗だって言うし」

「花火を見るまで帰らないのか？」

頷くと、少年は面倒くさそうに手を伸ばしてきた。

「何？」

「はぐれるから繋いどけ。兄妹だって思われれば、一人でいるよりは安全だ」

しぶしぶな口調だが、不案内なティレナに付き合ってくれる気らしい。

さっきの今なので、さすがにティレナも信用していいのかと躊躇《ためら》った。

が、足元で倒れている男に抱《いだ》いた嫌悪感を、この彼には覚えない。

声変わりもしていない華奢な少年は、こう見えて面倒見がよさそうだった。ティレナ自身が妹であるせいか、頼ったり甘えたりしていい相手を見極める勘には自信がある。

「じゃあ……よろしく」

差し伸べられた手を握ると、少年は歩き出した。このあたりのことを知り尽くしているのか、足取りには迷いがない。

混雑する大通りを避け、網の目のように入り組んだ裏道をいくつも抜けて、辿《たど》り着いたのは古い教会だった。

正面の入口は閉まっていたが、建物の裏に回った少年は、懐《ふところ》から鍵を取り出して扉を開けた。当たり前のように中に入り、鐘楼《しょうろう》に続く階段を上っていく。

その背中に向けて、ティレナは声をかけた。

「どうして鍵なんか持ってるの？」

「ここの神父とは知り合いだから」

それだけでは納得しない気配を察したのか、少年は付け加えた。

「……家にいづらくて一人になりたいときは、ここに来いって言われてる」

「ふうん……？」

よくわからないが、彼にも事情があるのかもしれない。踏み込んでいいものかわからず、ティレナは口を噤《つぐ》んだ。

鐘楼のてっぺんにある空間は、ちょっとした秘密基地のようになっていた。

椅子や毛布が持ち込まれ、傍らにはたくさんの本が積まれている。子供向けの冒険小説もあるが、大人が読むような歴史書や経済書、兵法書まであることに驚いた。

庶民の識字率はまだ高いとは言えないのに、この少年はずいぶんな読書家だ。それもあって、神父に目をかけられているのだろうか。

「もうすぐ時間だ。ここからなら花火もよく見える」

少年に手招かれたティレナは、壁にくり抜かれたアーチから身を乗り出した。それだけですでに、興奮が高まるのを止められない。

「わぁ……！」

行き交う人々の群れや、輝くランタンを真上から見下ろすのは、また格別な眺めだった。

街中を彩るリラの香りも、地上にいるときより強く感じられる気がする。

もうすぐだと言った彼の言葉どおり、それはほどなく始まった。

どんっ――！　と足の裏から内臓に響く重低音。

大きな音に息を呑んだ直後、夜空に光の花が散開した。

「――……っ！」

ティレナはしばし言葉を忘れた。

間近で見上げる花火は、屋敷から見るよりずっと鮮烈で眩《まぶ》しかった。

闇を払い、ひしめく人々を照らす赤や黄色や緑の光。

立て続けの破裂音を、鼓膜だけでなく全身で感じた。

尾を引きながら空の高みまで駆けて弾けた花火は、無数の弧を描《えが》いて散っていく。

きらきらとした刹那《せつな》の残滓《ざんし》。

風に流されて薄れる煙の匂い。

雄大さと儚さとを同時に感じ、見開いたままの目から涙が零れた。

「おい、どうした？」

少年がぎょっとした声をあげ、それで初めて自分が泣いていることを知る。

「え、わかんない……綺麗だから……？」

「……それでどうして泣くんだよ」

途方に暮れたような少年が、ハンカチを差し出してくれた。

その拍子に、床にカツンと硬いものが落ちる音がした。

「それなぁに？」

目ざとく尋ねたのは、細い銀鎖のついたそれが、女性用のペンダントに見えたからだ。

拾い上げる少年の手元を覗き込み、ティレナは目を輝かせた。

「素敵。これ、リラの花？」

「……そう見えるか？」

「うん。それも幸運の花ね」

通常リラの花弁は四枚だが、たまに五枚の花弁を持つものがある。

見つけた者には幸運が訪れるだとか、誰にも知られずに花を飲み込めば、愛する人と永遠に結ばれるなどと言い伝えられている。

このペンダントは、その五枚弁を象《かたど》っていた。

真鍮を薄く伸ばして切り出しただけの造りだが、親指の先ほどの花が揺れる様は素朴で可憐だった。

「誰かにあげるの？」

ティレナがそう訊いたのは、ほんの好奇心からだ。

年頃の男の子がアクセサリーを持っているということは、好きな相手への贈り物なのではないかと予想した。

だが、少年は首を横に振った。

「いや……これはもう、捨てるつもりだった」

「なんで？」

もったいない！　と声をあげ、ティレナは彼が寂しげな表情をしているのに気づいた。

（もしかして、受け取ってもらえなかったの？　ペンタントを渡して告白したのに、断られちゃったとか?)

だとしたら気の毒だし、その相手はなんて見る目がないのだろう。

この少年は態度こそ素っ気ないが、根はとても親切なのに。

縁もゆかりもないティレナのことだって、勇敢に助けてくれたのに。

同情を通り越して憤慨していると、少年がちらりとこっちを見た。

「……あんたが欲しいならやる。リラの花には魔除けの効果があるから、護符代わりにもなるらしいぞ」

「いいの?」

おずおずと上向けた掌にペンダントを渡された。

その拍子に、ティレナはびくりとした。

彼の指が触れた場所から、かすかな電流が走ったような気がしたのだ。さっきまで手を繋いでいたときには何も感じなかったのに。

「どうした?」

「な……なんでもない」

怪訝《けげん》そうに見つめられ、答える声が裏返った。

改めて意識したが、彼はとても整った顔をしているのだった。

淡い黄色に緑の絵の具を溶いたような瞳は、花火を映し込んでより複雑に美しく、刻々《こくこく》

と色を変えていく。
ティレナはペンダントを首にかけ、胸の上からぎゅっと押さえた。
「これ、ありがとう。お守りにして大事にするね」
空にはまだ光の花がいくつも咲いて、どん、どぉん、と空気が震える。
きっとそのせいだ、とティレナは思った。
花火の音に驚いているから、心臓がこんなにもどきどきして。
――光に照らされた彼の顔が眩しすぎて、まっすぐにはとても見られない。

3　地下室での淫虐

その日の朝、ティレナは前夜から一睡もせずにエレインの帰りを待っていた。

エレインがマディウスに呼び出されるときは、常にそうだ。大切な姉が痛めつけられている間、自分だけのうのうと眠ることなどとてもできない。

窓の外で空が白み始め、ぼんやりとした朝日が射した。

（早く戻ってきて、姉様……）

寝台の上で膝を抱え、姉の無事を祈って首から提げたお守りに触れる。

五枚の花弁を持つ、小さなリラの花。

つい先日、このペンダントについてラーシュに話す機会があった。八年前、母国のリラ祭りで出会った少年との思い出だ。

彼のおかげで、ティレナは無事に秘密の冒険をやり遂げた。

危ないところを助けられ、一緒に花火を見て、最後は屋敷に戻る道の途中まで送ってもらった。

結局彼とは、互いの名前も知らないままに別れたけれど。

『今思うと、あれが私の初恋だったのかも』

ティレナが冗談めかして笑っても、ラーシュは何も答えなかった。その無反応ぶりは、やっと退屈な話が終わったと言わんばかりだった。

確かにあんな話をされたところで、面白くはなかったかもしれないが。

（……私にとっては大事な思い出だもの）

あれから街に降りるたび、彼にまた会えないかとそわそわしていた。

何年か経ち、一人歩きが許される歳になってから、ティレナはあの教会を再訪した。

その頃には神父が代替わりしており、そんな少年のことは何も知らないと言われてがっかりした。

リラの花のお守りは、約束どおり大切に身に着けていた。もはや体の一部と言えるほどに馴染《なじ》んで、入浴の際など、少しでも外すと落ち着かないまでになっている。

（彼はどんな大人になったのかな……元気でいてくれるといいんだけど……）

物思いに耽《ふけ》っていたティレナは、部屋の扉が開く音に顔を上げた。

「姉様？　戻って……っ――!?」

声が途切れた。

素肌にガウンを羽織ったエレインが、兵士に横抱きにされて運ばれてきた。

いつもはよろめきながらも、どうにか自分の足で歩いていたのに。

どこにも焦点が合わない瞳や、だらりと四肢を投げ出した様子は、縁起でもないが死体のようだ。

「姉様、どうしたの？　大丈夫!?」

走り寄って呼びかけても、エレインはなんの反応も見せなかった。

寝台に降ろされた彼女の体には、見たことのない種類の傷が増えていた。

細く白い首に、禍々《まがまが》しく浮かんだ赤い痣《あざ》——男の、指の痕だ。

「何があったの!?」

出て行こうとする兵士に、ティレナは追いすがって尋ねた。

「お願い、話して。あなたが知ってることを教えて！」

「……拷問係の男に、首を絞められてた」

まだ若い兵士は、目を逸らして告げた。

彼自身も思い出したくないことなのか、胸が悪そうな顔でぼそぼそと喋った。

「陛下の命令で……男に馬乗りになられて、泡を吹いて気絶するまで……意識が戻っても同じことを繰り返されて、何度もびくびく痙攣して」

言葉を濁してはいたが、嘔吐《おうと》や失禁もしたという意味の言葉を告げられて、ティレナは口を覆った。――この美しい姉が、人前でそんな屈辱を。

「陛下は楽しそうに大笑いしてた。でも反応がなくなっていくと、だんだんつまらなそうにされて……」

『そろそろ潮時か』

人としての尊厳を打ち砕かれたエレインが、魂をなくしたように虚《うつ》ろになると、マディウスはそう吐き捨てたという。

その意図するところを察し、ティレナは震えた。

エレインがマディウスのお気に入りでいる限り、命だけは取られないと思っていたが、そんなものはただの希望的観測にすぎなかった。

「……マディウスに……国王陛下に、伝えて……お願い」

訴えるティレナに、兵士はたじろいだ。

今の自分は、それだけ鬼気迫る表情をしているのかもしれなかった。

「今度こそ私が身代わりになる」

そこにいるのがマディウス当人であるかのように、一歩も引かない覚悟で告げる。

「私には何をしてもいい。だから、姉様には二度と手を出さないで――……！」

◆　◆　◆

翌日の深夜。

ティレナは二人の兵士に前後を挟まれ、城の地下へと続く階段を下っていた。

前を行く兵士が掲げるランタンの灯りが、三人分の影を不気味に長く揺らした。

（大丈夫。……私は落ち着いてる）

ティレナは意識して深く呼吸した。

昨日のティレナの要求は、意外にも聞き届けられた。

以前に願い出たときは相手にされなかったのに、刑場での出来事をきっかけに、マディウスはティレナに興味を持ったらしい。

壊れた玩具《エレイン》の代わりに新しい玩具《ティレナ》を手に入れたと、醜悪にほくそ笑む顔が目に浮かぶようだったが。

（これで姉様は、痛い目にも怖い目にも遭わなくていい……）

そのことは、ティレナを何より安堵させた。

姉の犠牲を目《ま》の当たりにしながら、自分だけが安全な場所にいることに、ずっと罪悪感を覚えていたからだ。

そのエレインとは昨日からまともな会話が成り立たない。

完全に心が壊れてしまったのか、どこともしれない場所をぼうっと見つめるばかりで、ティレナが誰であるのかもわからない様子だった。

妹が身代わりになると知ればきっと取り乱しただろうから、ある意味不幸中の幸いだが、エレインをあんなふうにしたマディウスのことは許せない。

たとえ何をされても屈するものかと、ティレナは己に誓った。

婚約者のいるエレインと自分は違う。体に傷が残っても、困ることも恥じることもない。

ただ、ちらりと頭をよぎるのは。

(結局、ラーシュには何も話せなかった――)

昨日も今日も、ティレナは彼の工房には行っていない。

もう二度と足を向けることはないのかもしれない。

何も恥じることはないと胸を張る一方で、マディウスに弄《もてあそ》ばれた姿をラーシュに見られるのは、ティレナも本意ではなかった。

地下に辿り着くと、周囲の空気が明らかに変わった。

石造りの牢が並び、鉄格子の向こうには様々な拷問器具が見える。マディウスに逆らった者たちが痛めつけられ、無惨に殺《あや》められた場所だ。

流された血の生臭さや、処理が追いつかずに放置された骸《むくろ》の腐臭。

今は掃除されていても、それらの匂いは消えることなくこびりつき、ティレナの胸をむかむかさせた。こんな場所に連れてこられるだけで、繊細なエレインの神経はまいってしまうはずだ。

案内の兵士が足を止めたのは、暗く長い通路の突き当たりだった。

そこだけは鉄格子ではなく、分厚い樫《かし》の扉が行く手を阻んでいた。

「失礼いたします、陛下。お呼びの娘を連れてまいりました」

兵士が告げると、横柄な声で「入れ」と応《いら》えがあった。

さすがにここまで来ると足がすくむが、エレインを守るためだ——と己を励まし、兵士の開けた扉をくぐる。

中は意外に広く、居心地のよさそうな造りだった。

床には分厚い絨毯《じゅうたん》が敷かれ、今は火が入っていないが暖炉も設《しつら》えられている。

(姉様から聞いた様子と違う……ここはまた別の場所なの?)

いつもエレインを痛めつけているという、禿頭《とくとう》の拷問係らしき男もいなかった。

部屋の中央には大人の背丈ほどの衝立《ついたて》が置かれ、その先はよく見えない。地下室なので窓もなく、閉塞感があるのは否めない。

しかしそれ以外は、ごく普通の貴族の居室のようだ。

壁を飾るタペストリーに、酒瓶の並ぶ重厚なキャビネット。

長椅子や丸テーブルといった調度品も、一流の職人の手によるものに見える。

「来たか」

その長椅子に、マディウスが座っていた。

毒を盛られることを警戒してか、銀杯に満たしたワインを啜っている。

部屋の隅には護衛が控えており、ティレナを連れてきた兵士たちもそこに並んだ。

置物のように存在感を消している彼らだが、ティレナが逃げ出そうとしたり、マディウスに危害を加えようとすれば、たちどころに腰の剣を抜くに違いなかった。

「お呼びに従い、参じました」

ティレナが正面から見つめると、マディウスは口髭を指で扱《しご》いた。

「以前とは顔つきが違うな」

彼が言うのは、ティレナが刑場で媚びてみせたときのことだろう。

あの場ではラーシュや他の捕虜たちを助けたくて必死だったが、今は自分以外に守るものがないせいで、反抗的な目つきが隠しきれなかったのかもしれない。

「姉のための敵討ちか？　儂と刺し違える覚悟で乗り込んできたか？」

挑発するように言われ、ティレナは唇を噛んだ。

下手な受け答えをすると、揚げ足をとられかねない。それでも、ここはひとまず言質《げんち》をとっておきたかった。

「事前にお伝えしたとおりです。今夜からは私が参りますから、姉のことはどうぞお捨て置きください」

「エレインと同じように鞭打たれ、溶けた蝋を浴びて、首を絞められても構わんと？」

「ええ」

「気丈だな」

マディウスが笑うと、三つ子でも孕《はら》んでいそうな腹の肉が漣《さざなみ》のように揺れた。

「儂の見立てでは、お前はエレインよりよほど胆力がある。いたぶるにしても、姉とは違う趣向を用意したぞ」

（……違う趣向？）

ティレナが眉間に皺《しわ》を寄せるのと、マディウスが部屋の奥へ声をかけるのは同時だった。

「来い。出番だ」

「……っ!?」

衝立の陰から現れた人物に、ティレナは息を呑んだ。

ともすれば陰鬱に見える、目にかかる長さの黒髪。

その奥で静かに光る、印象的な金の瞳。

いつも工房で会うとおりの、国王の前にはふさわしくない粗末な身なりの。

――どうしてラーシュがここにいるのだ。

「覚えているか？　お前が刑場でさんざんにひっぱたいた男だ」

ティレナの驚きを、マディウスは思いがけない再会によるものだと思ったらしい。

「こいつはラーシュと言ってな。鍛冶師だ。ガゼットの捕虜にしては質の良い剣を打つので、儂が取り立ててやったのよ」

そこまでは知っているが、まだ状況が読めない。

ラーシュは他人行儀に黙っているし、ティレナと目を合わせようともしてくれない。

「服を脱げ、ティレナ」

マディウスにいきなり命じられ、ティレナは耳を疑った。

「裸になり、お前が汚い奴隷だと罵《ののし》った男の前で股を開くのだ」

「……どうして」

意味がわからないし、わかりたくもない。

けれどマディウスの言葉は、罪悪感に染まる記憶を呼び起こした。

『薄汚れた奴隷同然の男に、何度も触れるのが嫌だっただけです。同じガゼット人とはいえ私は貴族で、この者はただの平民ですから』

芝居とはいえ、自分は確かに言った。

人前でラーシュを貶《おとし》め、己の生まれを驕《おご》るような発言をした。

そのときのことを、マディウスは改めて突きつけてくる。

「お前は傲慢で気が強い。そういう女は暴力で従わせるより、誇りを砕いて辱《はずかし》めるほうが楽しめるというものだ。この男はそのための道具よ」

「……道具？」

「こいつはずっと、お前に一矢《いっし》報いてやりたかったらしいぞ。そうだろう、ラーシュ？」

マディウスの問いにラーシュが頷く。

ようやくティレナを一瞥《いちべつ》した彼は、低い声で言った。

「この女に頬を打たれたときから恨んでいました。報復の場を与えてくださり、感謝いたします」

ティレナは愕然とラーシュを見つめた。

（……嘘でしょう？）

刑場での自分の意図を、彼はわかっていたはずだ。

ひどいことをしたけれど、演技だと理解してくれていたはずだった。

（ラーシュがこんなことを言うわけない。マディウスに脅《おど》されてるとか、きっと何か事情があるはず……）

「儂の手足となり、ティレナを淫蕩《いんとう》な女に躾《しつ》けてやれ。自分で脱ぐ気がないのなら、まずは裸に剝くところからだ」

「承知しました」

ラーシュが衝立を押しやると、その向こうに置かれたものがはっきり見えた。

大人が三人は寝られそうな天蓋《てんがい》つきの寝台だ。

周囲を覆う紗幕《しゃまく》は開かれ、四隅の柱にタッセルでくくりつけられている。さながら緞帳《どんちょう》の上がった舞台のように。

無言で近づいてきたラーシュが、ティレナの手首を摑んだ。振り解くことのできない力で、強引に引きずっていこうとする。

「やっ……待って……！」

抵抗も虚しく、ティレナは寝台に突き飛ばされた。

背中から倒れ込んだ拍子に脚が跳ね、めくれたスカートを慌てて押さえようとしたが。

「無駄な抵抗はするな」

たくましい体にのしかかられ、傲然と言われて、ティレナは凍りついた。

太腿までをあられもなく晒した状態で、自分はラーシュに押し倒されている。

「暴れるようなら縛ってしまえ」

マディウスの命令に従い、ラーシュが動いた。

寝台の脇に置かれた小卓の抽斗《ひきだし》から、麻縄が取り出される。

呆然としているうちに、ざらつく縄が手首に絡んだ。

それは固い結び目を作り、斜めの位置にある柱にぴんと張った状態で結ばれた。逆の手にも同じことをされ、張りつけのような形で拘束される。

「お願い……やめて……」

体の自由を奪われることが、こんなにも怖いなんて知らなかった。

懸命に体をよじってもがくが、食い込む縄に皮膚が擦れて痛むばかりだ。

「辱《はずかし》められるくらいなら、舌を噛んで――などと思うなよ」

馬乗りになったラーシュが、ティレナを冷たく見下ろした。

「あんたが死ねば、姉が同じ目に遭うだけだ。彼女を守りたいのなら、何をされても耐えて生き抜け」

下顎をぐいと引き下げ、口をこじ開けられる。

唇の隙間からラーシュの親指がねじ込まれ、怯える舌をなぞった。

「う……んぐっ……」

そんな場所に触れられる羞恥と違和感に、ティレナは呻き声を洩らした。

中指と人差し指も入ってきて、唾液に濡れた口蓋《こうがい》や頬の裏を無遠慮にまさぐられる。

「小さな口だな。男を咥《くわ》えるには苦労しそうだ」

「っ……かはっ……！」

ようやく指が抜け出ていき、ティレナは咳《せ》き込んだ。

瞳が潤むのは、生理的な嘔吐感のせいだけではなかった。

「ラーシュ……っ――」

本当にずっと恨んでいたのか。

親切にしてくれたのも全部嘘で、仕返しの機会を窺っていたのか。

尋ねようとしたけれど、吐き捨てるような言葉に封じられる。

「馴れ馴れしく呼ぶな」

ラーシュの手がドレスの胸元にかかり、かつて見惚《みと》れた筋肉質な腕が、力任せに布地を引き裂いた。

「いやあぁっ……！」

地下の天井に悲鳴が響いた。

ドレスの下に着ていたシュミーズごと、鎖骨から臍《へそ》の下までを一気に破られる。

寝ているところを起こされたように、剝き出しの乳房が無防備に揺れて弾み出た。

「ははは、いい表情《かお》だ！」

マディウスが手を打って喜んだ。

愉悦に濁る目はティレナの胸ではなく、引き攣《つ》った顔のほうに向けられていた。

「この女を追い詰めて、もっと泣かせろ。お前はなかなかの策士だな、ラーシュ。エレインを盾にとって抵抗を封じるあたり、ティレナの弱みをよく理解している」

「恐れ入ります」

慇懃《いんぎん》に答えたラーシュが、ティレナに覆いかぶさった。

粟立つ胸に触れられるのかと思いきや、耳朶《じだ》を甘噛みされてびくっとした。

唇の感触がくすぐったくて、吹き込まれる吐息は熱く湿って、ぞわぞわとした未知の感覚に支配される。

「ふぁっ……」

耳孔《じこう》を舐《ねぶ》られると、意図しない甘い声が鼻に抜けた。

狭い場所で舌がくちゅくちゅと躍《おど》り、敏感な窪みを蹂躙する。

そんなところを舐めてなんの意味があるのかと困惑するが、体は勝手にのたうって、言
葉にし難《がた》い感覚を逃がそうとする。

唾液を引いた舌が耳から抜かれ、細い首筋をつっ——と舐め下ろした。

「……っ！」

舐めるだけでなく、ラーシュは頸動脈《けいどうみゃく》のあたりを軽く噛んだ。急所を押さえられたティ
レナは身を強張《こわば》らせ、子兎のように震えることしかできない。

「じっとしていろ」

肌を通じて、ラーシュの囁きが直《じか》に響いた。

キスとも愛咬《あいこう》ともつかない行為を繰り返しながら、大きな手が柔《やわ》い膨らみを包んだ。

「……やめ、て……っ」

ざらつく掌に乳房を覆われ、ティレナは弱々しく頭《かぶり》を振った。

輪郭《りんかく》を辿る指先が頂《いただき》に達し、息が詰まる。

自分のそこがラーシュの指に捏《こ》ねられる光景を、ティレナは悪い夢の中にいるように見ていた。

「あ……はっ……」

瑞々《みずみず》しい乳房が、浅い呼吸に合わせて小刻みに波打つ。

傍目にもはっきりと尖りつつある乳首は、巧《たく》みな指でくりくりと弄《いじ》られ、きゅっと摘《つま》んではひねられた。

肌が紅《くれない》に染まるのは、ランプの灯りのせいか、身の内から湧き上がる淫靡《いんび》な火照《ほて》りのせいなのか。

「っ……う、……く」

「声を出せ」

唇を噛んで堪えていると、ラーシュが言った。

「気持ちがいいのなら、素直に感じろ。そのほうがあんたのためだ」

「っ……こんなの、よくなんか……」

「これでもか？」

「ぁあああっ……！」

喉から甲高い声が迸《ほとばし》った。

頭の位置を下げたラーシュが、硬くなった尖りに吸いついたのだ。

ぬめる舌が乳首に絡み、ざりざりとなすりつけられて腰が浮く。反対側の胸にも手が伸びて、形が変わるほどに揉みしだかれる。

「あっ、あっ……ぁふ、……ぁんっ！」

喘ぎすぎて言葉にならず、お願いだから助けてほしいと視線ですがる。

これだけひどいことをされても、ティレナはなおラーシュのことを信じたかった。

こんなことになったのは何かの間違いだと、そう思っていたかった。

「うぁ……やぁあっ……！」

窄《すぼ》められた唇で吸引されて、真っ赤になった乳頭《にゅうとう》が熱を持つ。

軽く歯を立てられたかと思えば、痛みを散らすようにちろちろとくすぐられ、背徳の疼《うず》きがいっそう強くなった。

「も、いや……こんな、いやぁ……」

ティレナは声をあげて泣きたかった。

単純な暴力ならまだ耐えられたかもしれないのに、こんないたぶり方をされてしまうと――。

「感じてるんだろう」

唾液に濡れた乳首を、ラーシュがぴんと指で弾いた。

「俺みたいな下賤《げせん》の男に好きにされて悔しいか？　それなのに、ここをいやらしく腫らしてるのはどういうわけだ？」

「やめて……もう触らないで……」

「今に、自分から触ってくれとねだるようになる」

断言したラーシュが、ドレスのスカートをめくった。下着のドロワーズが露《あらわ》になり、ティレナはひっと息を吸った。

「湿ってるな」

布地ごしに、ラーシュが秘裂を上下になぞる。

そこが潤む意味を知らないティレナは、恐怖のあまり粗相《そそう》をしてしまったのだと思った。漏らした場所を執拗《しつよう》に弄られる屈辱に、涙がぽろぽろと溢れた。

「やめて、汚い……っ」

「ここが濡れる仕組みも知らないのか」

涙の理由を察したのか、ラーシュが眉をひそめた。

「……仕組み……？」

「知らなくていい。どうせ嫌でも覚える」

言って、ラーシュは無造作にドロワーズを脱がせた。

両手を縛《いまし》められた身では脚をばたつかせるのが精一杯で、そんなものは抵抗のうちにも入らなかった。

ラーシュの体が膝を割り、太腿が大きく開かれる。

ティレナの恥丘《ちきゅう》を覆う和毛《にこげ》は、髪と同じ淡い栗色だった。申し訳程度にしか生えていないせいで、大事な場所がほとんど丸見えだ。

「いや……見ちゃ嫌……ぁああっ……！」

悲鳴がしゃくりあげに変わっていく。

閉じられない脚の付け根に、ラーシュは前触れもなく手を伸ばした。潤みを湛《たた》えた秘口《ひこう》に指が沈み、息が詰まった。

「っ……！」

入ったのは、中指の関節ひとつ分。

それだけでも、ティレナにとっては世界が揺らぐほどの衝撃だった。

未来の夫に触れさせるはずだった清い体を、こんな場所で拓《ひら》かれてしまう。

マディウスの歪んだ欲望を満たすべく、ラーシュはどこまでのことをする気なのだろう。

「濡れてはいるが……ひどく狭いな」

「やめて……痛いっ……！」

ティレナが泣いて訴えても、ラーシュの指は抜かれない。

押し込めては引き、引いては押し込めを繰り返しながら、独りごちるように呟いた。

「……乗馬が趣味だと言うから、処女膜くらいとっくに破れているかと思ったが」

「っ……!?」

マディウスには聞こえないほどの小声だったが、ティレナの耳には確かに届いた。

男を知らない娘でも、激しい運動で処女の証が損なわれるという俗説は、母から聞いたことがある。だからおしとやかにしろと言われて、反発を覚えていたのだが。

(ひどい……私が馬に乗るって言ったら、「いいんじゃないのか」って言ったくせに……)

心がじわじわと絶望に塗り替えられていくのがわかった。

ラーシュの言葉を、ティレナはこの上ない侮辱として受け取った。

ありのままの自分を認めてくれたと思った相手から、こんな場面で聞かされるには、あまりにつらい台詞だった。

(ラーシュは本当に、私を恨んでいるのかも――)

さすがにここまで来ると、彼を信じ抜くことができそうにない。

蜜壺の奥に溜まった愛液を掻き出すように、ラーシュの指がぬちぬち動く。汲み取ったぬるみを周辺にも塗り広げ、花唇《かしん》や会陰《えいん》ごと揉み解《ほぐ》した。

「ああ……んっ、や……っ」

胸に与えられたものとは異なる刺激に、ティレナの呼吸が乱れた。

長い指が体の内側に出入りして、粘膜をぐちょぐちょと掻き回す。

内臓を直に弄ばれているようで心もとない反面、込み上げてくる切迫感もさっきの比ではなかった。

膣道に突き立てられる指が、出し抜けに二本に増えた。

「い、っ……！」

「聞こえるだろう。あんたの音だ」

肘から大きく動かされると、押し広げられた場所がぐぽぐぽと鳴った。

空気の混ざった品のない水音を、ラーシュはあえて聞かせようとしてくるのだ。

「あんたの体が啼《な》いてる音だ。気持ちいい、もっとして――ってな」

「そんな……そんなわけ……っ」

「どうだか」

「ひぁああっ……――!?」

ふいに、鮮烈な衝撃に貫かれた。

手首をぐるりとひねったラーシュが、親指で敏感な秘玉《ひぎょく》を押し潰したのだ。

そこにそんな器官があったことも、なんのために存在しているのかも知らないのに、愛液を塗り込めるように撫で回されて、狂おしい快感が弾けた。

「そこ、やめてっ……あっあっ……だめぇっ……！」

陸に打ち上げられた魚のように、びちびちと下肢が跳ねる。

ラーシュの親指は、性感の塊である花芽《はなめ》にぴたりと添えられ、磨きあげるように上下に動いた。潜り込んだままの二本の指も、蜜洞《みつほら》をくじり続けている。

息苦しいほどの快感がせり上がり、意に反した涙が零れた。

「う、ぁああ……っ、んんんっ……！」

「つらいのか？」

ラーシュに問われ、ティレナはこくこくと頷いた。

「感じたくないと意地を張るからだ。さっさと負けを認めたほうが楽になる」

「いや……いや……」

「どこまで耐えられるか試してみるか？」

言うなり、ラーシュが股座《またぐら》に顔を近づけた。

熱くぬめる感触が、陰核をねろりと嬲《なぶ》った。

「ひぁああっ……!?」

瞼の裏で赤い火花が散った。

充血した突起を舌であやされるのは、これまでと桁《けた》違いの快感だった。

舐められるたびに全身が強張り、離れるとどっと弛緩《しかん》する。それを幾度も繰り返されて、毛穴という毛穴が粘つく汗を噴いた。

「んっ、く……んぁ、はぁあ……っ」

「気に入ったか？」

くぐもった声が股間で響いた。

「卑しい男の舌に舐められて感じるとは、あんたも浅ましい女だな」

「あぁあ……っ」

度重なる淫虐に、秘裂が濃い蜜を垂れ流す。

長い時間をかけて花芽を舐め尽くしたあと、ラーシュは唇で啄《ついば》みながらそこを吸った。

きゅううっ……と腹に刺さるような刺激が走り、体の内でも指が泳ぐ。浅い場所から深い場所へと、すっかり解れた隧道《ずいどう》を掘り進んでいく。

「あっ、ぁ、んぁ……あっ」

濃霧に包まれたように、ティレナは朦朧としていた。

身動きのとれない体に執拗な快楽を刻まれて、マディウスの存在すらも忘れた。

隘路《あいろ》を辿る指が秘玉の裏あたりに達すると、ラーシュはそこをぐっと押し上げながら、丸々と実った肉の芽を舌先で素早く転がした。

「あぁあああっ――……！」

何か大きなものに呑まれる予感に下腹が戦慄《わなな》き、全身の筋肉が緊張する。

それに気づいた途端、ラーシュはすっと身を引いた。

蜜孔《みつあな》を塞いでいた指も引き抜かれ、空洞になったそこがひくひくした。

「……っ、あ……？」

「もどかしいだろう」

ラーシュに断じられ、ティレナは訪れかけていた「何か」を無意識に待ち受けていたのだと知った。

それがひどく恥ずかしく、はしたないことであることも。

「あんたは今から俺に堕ちる」

半裸のティレナを見下ろし、ラーシュは静かに告げた。

突き放すというよりも、逃れられない運命を悟らせるかのような口調だった。

「快楽に屈して、身分も誇りもないただの女に成り下がる。——これ以上、もう逆らうな」

ティレナの秘部に、ラーシュは再び顔を伏せた。

「んぁ……っ！」

花芯を舌でくるまれて、ちゅうちゅうと柔らかく吸い立てられる。

一旦お預けにされたのち、改めて与えられた刺激に、喜悦の蜜がとめどなく流れ出した。

二本の指もまたぬちゃぬちゃと出入りして、どうしようもなく腰が浮いた。

「ぁあ、んっ……だめっ……何か……」

「達《い》く、だ」

膣内が小刻みな収縮を始め、ラーシュが囁いた。

「その感覚が達くってことだ。あんたはきっとこれが好きになる」

「はぁあっ……あっ……ん、っ……ふぁあ……」

呼吸がどんどん荒くなり、どこか遠くへ押し流されるような感覚が迫ってきた。

ラーシュの片手が置き去りにされていた胸に伸び、乳首を摘まむとともに、朱鷺《とき》色に染まった花芽をじゅうぅっと思い切り吸引した。

「——堕ちろ」

「ひぁ、ん、あああぁあっ……!」

抑圧された快感が弾け、目の前が真っ白になる。

すべてが法悦《ほうえつ》に霞む絶頂は、堕ちるというより、果てのない高みへ引き上げられるかのようだった。

マディウスが興奮して何かをまくし立てていた。よく聞こえなかったのは、生まれて初めての恍惚《こうこつ》にそれどころではなかったせいだ。

薄らぐ意識の中でティレナが思い出したのは、リラ祭りの夜に、知らない男に体をまさぐられた記憶だった。

あのときはまだ幼くて、何が起きているのかよくわかっていなかった。

ただ漠然とした怖さを感じていたとき、初恋の相手となった少年が助けてくれた。

けれど、八年前と今とは違う。

ティレナを救ってくれた少年は、ここには決して現れない。

——何も知らなかった無垢《むく》なあの頃には、もう二度と戻れない。

「っ……——」

快感によるものとは違う涙を、ひと粒零して。

現実を拒むように瞼を閉ざせば、ティレナの意識は急速に闇の底へと滑り落ちていった。

4 凌辱者

「ねぇ、ティレナ。ルディオ様からのお手紙は届いてなかった？　どうして近頃は会いに来てくださらないのかしら」

　鏡台の前に座るエレインが、寂しげに言った。

「……きっとお忙しいのよ」

　姉の後ろに立っていたティレナは、ひと呼吸置いて答えた。

「大丈夫。そのうちまたいらしてくださるわ。いつお会いしてもいいように、綺麗にしておきましょう。ね？」

　子供に言い聞かせるように告げて、ティレナは姉の髪を再び櫛《くし》で梳《す》いた。

　癖のないティレナの髪と違い、エレインのそれは細い上に波打っているものだから、油断するとすぐに絡まってしまう。

一日の大半をうつらうつらと寝て過ごすようになってからは、特に。

(姉様は、今日も夢の中にいる——……)

ティレナはやりきれない思いで唇を噛んだ。

首に痣をつけて帰ってきたあの日以来、エレインの心は壊れてしまった。

話しかけても答えず、ぼんやりしている時間が増えたし、今がいつでここがどこなのか、わかっていないことも多い。

昼も夜もなく眠り続けたと思ったら、朝が来るまで一睡もできずに、部屋中をぐるぐると歩き回る。

見えないものが見えると怯えたり、聞こえない声が聞こえると耳を塞いだり、いわゆる譫妄《せんもう》状態に陥っている。

リドアニアに攫われ、マディウスの玩具にされて半年。心身を蝕《むしば》んでいた負荷が、ついに限界を超えたのだ。

痛ましさと焦燥感で、ティレナはどうにかなりそうだった。エレインだけでもガゼットに帰してほしいと、マディウスに直談判したかった。

——けれど。

「どうしたの、ティレナ?」

櫛を持ったまま動きを止めた妹を、エレインは稚《いとけな》い仕種で振り仰ぐ。

マディウスのことを思い浮かべただけで血の気の引いたティレナに気づき、「まぁ」と息を呑んで立ち上がった。

「ひどい顔色よ。具合が悪いなら、遠慮しないで言ってくれなくちゃ」

エレインはティレナを長椅子に座らせ、肩掛けを羽織らせた。

そのまま隣に座って、よしよしと頭を撫でてくれる。ティレナがまだ小さかった頃、よくそうしていたように。

「ティレナはいつも頑張りすぎるのよ。熱はない？　苦しくない？」

「……違うの。病気じゃないわ」

「じゃあ、何か悩みでも？　なんでも聞くわ。話して？」

ティレナを案じるエレインは、正気を保った優しい姉のままのように見えた。

彼女はいまだ何も知らない。――正直に話すことなど、できるわけがない。

この一カ月、ティレナが毎晩のように城の地下で過ごしていることを。

エレインの身代わりを買って出たティレナが、誰に何をされているのかを。

「ありがとう、姉様」

ティレナは初めてエレインに秘密を作った。

潤む瞳を見られないよう、姉の首にぎゅっと抱きついた。

「大好きよ……姉様だけでもきっと、ルディオ様のところに帰してあげる」

そのためには、何があろうとマディウスに逆らってはいけないのだ。

彼の言いなりになっているうちに、いずれ逃げ出す好機が巡ってくるかもしれない。

どれほど分の悪い賭けであっても、今の自分にはそれしかできない。

「……泣いてるの？」

ティレナの小刻みな震えが伝わって、エレインは首を傾げた。

理由を訊いても答えない妹の背を、あやすようにそっと叩いた。

「大丈夫よ。ティレナはいい子……とってもいい子……」

夕暮れの部屋に、歌うような声が響く。

太陽が地平の下に姿を隠せば、また悪夢そのものの夜が来る。

◆◆◆

ぱちっ、ぱちっ……とかすかな音が聞こえた。

秋も深まってきたせいか、今夜は地下室の暖炉に火が入れられている。

薪《たきぎ》が爆《は》ぜる音に集中することで、ティレナは懸命に理性を保とうと努めた。

――少しでも気を抜いた瞬間、身を焦がす淫熱にたちまち取り込まれてしまうから。

「んっ……はぁ……っ」

息を吸って吐くたび、全身に食い込んだ縄がぎちぎちと軋《きし》む。

寝台の上で全裸に剝《む》かれたティレナは、あられもない格好を強《し》いられていた。

乳房の上下に這わされた縄が真っ白な膨らみを強調し、卑猥にくびり出している。

両膝は大きく開かされたのち、左右それぞれの腿と脹脛《ふくらはぎ》を縛られ、股を閉じられないように拘束されていた。

「良い眺めだ。ラーシュは実に器用だな」

ティレナの正面には例のごとく、ワインを呷《あお》りながら鑑賞するマディウスが座っていた。

口元に浮かぶ薄笑いは、この時間を心から愉《たの》しんでいることの証だ。

「っ……いや……」

両腕だけが自由を残されており、ティレナは剝き出しの局部を手で隠した。

隠しただけのつもりなのに、指が秘玉《ひぎょく》をかすめた瞬間、びくんっ！　と傍目にもわかるほど体を震わせてしまった。

「苦しそうだな。どこが切ない？」

背後に控えたラーシュが、耳元で囁いた。

身動きできないティレナは、彼に支えられ、広い胸に背中をあずける格好になっている。

「そろそろ音《ね》を上げる頃だろう。陛下から賜《たまわ》った特製の媚薬を、希釈《きしゃく》せずに使ったからな」

「ぅ……あぁぁあっ……」

苦悶に呻くティレナのそばには、空になったガラスの小瓶が転がっている。

さっきまでそこには、とろりとした液体が満たされていた。

塗るだけで感度が数倍にも跳ね上がり、どんなに貞淑な女性でも、娼婦のように男の上で腰を振りたくるという代物だ。

ティレナを緊縛したラーシュは、両乳首と陰核と、あまつさえ蜜壺の中にまで、その媚薬を塗り込んだ。

皮膚や粘膜から吸収された薬は、たちまちティレナを懊悩《おうのう》させた。

じっとしているだけで汗が噴き出し、疼いてたまらない性感帯をめちゃくちゃに刺激されたくなってしまう。

「自分で慰めるやり方は知らないのか？」

尋ねられ、一拍置いて意味を理解したティレナはかっとした。

「そんなこと、するわけ……っ！」

「なら覚えろ。今ここで」

とんでもない命令に、ティレナは反射的に首を横に振った。

それでも媚薬に侵された体は、熱を孕んでじんじんする。勝手に垂れ落ちていく愛液で、敷布にはびっしょりと染みができている。

（熱い……痒《かゆ》い……もどかしい……っ）

　強制的な発情に瞳を潤ませ、腰をよじらせるティレナを眺めながら、マディウスがまた口を開いた。

「媚薬を使って自慰を強《し》いるとは、今夜の趣向も素晴らしい」

「ありがとうございます」

　ラーシュは淡々と返した。

「この女の処遇の一切を、陛下がお任せくださいましたので。自ら快楽を求め、男を誘う淫らな性奴隷に躾けろと」

　マディウスは満足そうに「そうだ」と頷いた。

「男を知らぬ生娘《きむすめ》のまま、淫乱な雌犬に調教してやれ。すでにずいぶんと素質を開花させつつあるようだがな」

　マディウスの悪趣味な要望に応えるため、ラーシュはこれまでにも、ありとあらゆる手管を用いた。

　冷ややかな目で蔑まれ、執拗に体を弄《いじく》り倒されるうちに、彼に抱いていた信頼は完膚なきまでに打ち砕かれた。

（ラーシュは、もう私の味方じゃない……）

　エレインのための薬をくれて、工房に出入りすることを許してくれて、他愛もない話をしながらビスケットを食べた時間は二度と戻らない。

今となればあれらのやりとりも、ティレナを油断させた上で牙を剥く布石だったのだと思えてくる。

呑気に通い詰めて、初恋の話などしたティレナのことを、内心ではきっと嗤《わら》っていたのだろう。

「もたもたするな。自分で弄れ」

「はぁあんっ……」

背後から胸を摑まれ、ティレナは喘いだ。

追い詰め方を知り尽くした男の手が、柔らかな肉に沈んでむぎゅむぎゅと捏ね回す。

指の間に挟まれた乳嘴《にゅうし》から甘やかな痺れが突き抜け、足の指がいじましく空を掻いた。

「うっ……ぁあ、あ……ひぃっ……」

啜り泣きながらティレナは思った。

――マディウスの目論見《もくろみ》は成功だ。

彼の意図した展開とは違うだろうが、信じていた相手に裏切られるという意味で、ティレナの心を折るのにこれ以上効果的な仕掛けはない。

「はぁっ……ん、ぅ……はぁあ、あぁぅ――っ……」

摘まれた乳首から下腹部へ、空恐ろしいほどの疼きが伝播《でんぱ》した。秘処を隠すための手を、新たに湧いた蜜がべったりと汚した。

「意地を張ったところで、どうせあんたはまた堕ちる。――やれ」

「いや、しない……自分でなんて……っ」

「腰が揺れてる。薬を使った以上、過ぎる我慢は精神をおかしくするぞ」

その言葉に、ティレナの心は激しく揺らいだ。

このままだと、自分もエレインのように正気を失ってしまうのか。

もしそうなったなら、誰が姉を守るのか。

「中に指を入れて動かせ。いつも俺がしてやってるとおりに」

乳首を絞るラーシュの手つきは、的確に快感を引き出していて。

そこが気持ちよくなればなるほど、触れてもらえない蜜壺の飢《かつ》えが増して。

(こんなの……こんなの、本当におかしくなっちゃう……！)

「仕方がないな」

歯を食いしばって葛藤していると、ラーシュが呆れたように呟いた。

許してもらえたのかと思いきや、彼の手がティレナの右手に重なり、物欲しげに蠢《うごめ》く膣口に誘導された。

「ほら。ここがあんたのいやらしい孔《あな》だ」

「あぁあぁあっ……！」

むずむずしてたまらない場所に、ティレナの指がぬぷりと埋まった。逃げられないよう添えられた、ラーシュの節高な指ごとだ。

「っ、いや！　ぁああ、やぁあん……！」

二人の指が重なったまま、狭い場所をぐぷぐぷと掻き回す。そんな場所に自分で触れたことは初めてで、内臓にも似たぬめぬめする感覚に怯《ひる》んでしまう。

それなのに、胎《はら》の奥はますますみだりがましく火照っていった。

柔らかい膣肉を捏ねるほどに劣情が煽られ、高まる愉悦に背中が反った。

「っ、はぁ、やだ……っああ……」

「知っておけ。ここがあんたの好きな場所だ」

「ひぁうっ!?」

秘芽の裏をぐりっと押されて、嬌声が弾けた。

にちにちと細かくそこを揺すられ、恐ろしいまでの快楽に我を忘れて首を振る。

「や、そこ、やぁあ、いやぁあ……！」

「嫌がる割にはぎゅうぎゅう締めつけてきてるがな」

ラーシュの唇が首や肩を吸い上げて、赤い花をいくつも咲かせた。これ以上、余計な刺激は少しだって欲しくないのに。

「あぁぁ、も……だめ、だめぇっ……」

「達《い》きたいときは達ってていい」

「やっ……い……きたくな……ないぃ……っ」

膣内をぐりゅぐりゅと押し回されて、昂《たかぶ》る官能がすべてを押し流す。

底の見えない沼に引きずり込まれる寸前、喉がひゅっと鳴り、思考が溶けた。

「ん、ぁあ――ぃっ……――はぁぁあ……っ！」

瞼の裏で星が散ったように、視界が真っ白になる。

脱力した体でラーシュにもたれる寸前、ティレナは絶頂の余韻に打ち震えた。

朦朧とした意識を引き戻したのは、マディウスの哄笑だった。

「はははは！　最高だなラーシュ！　この娘、お前が手を引いたあとも、自分の指であそこを掻き回して達したぞ！」

（え――……）

我に返り、ティレナは愕然とした。

視線を下に向ければ、秘口《ひこう》に潜っているのは確かに自分の指だけだった。

あと少しで達するというとき、中の感触が変わったような気がしたが、それはラーシュが指を抜いたからだったのか。

その飢餓感を満たそうと、自分はいっそう激しく蜜洞を――。

「やぁ……わた……がっ……ちがう……っ！」

身も世もなくしゃくりあげるせいで、まともな声にならない。

己の浅ましさを突きつけられ、今すぐ消えてなくなりたかった。

「……大の男でも抵抗できない媚薬だということですから」

ラーシュがぼそりと言った。

マディウスへの言葉のはずだが、耳元で呟かれたせいか、自分に言われたように感じた。

たとえそうだとしても、何も慰められない。

薬のせいであっても惨《みじ》めなものは惨めで、情けないものは情けないのだ。

「ところで、ラーシュ。お前自身はつらくないのか」

「は？」

「この国に来て以来、お前も女日照りが続いているだろう。それとも、捕虜の中で懇《ねんご》ろになった女でもいるのか？」

「……いえ、そんな相手は」

「ならば、この娘を使っても構わんぞ」

思いがけないことを言われたように、ラーシュが黙った。

（……――それって）

ティレナは思わず背後を振り仰いだ。

かち合った視線を、ラーシュはすぐに逸らした。乾いた唇を湿し、マディウスに向けて、

「ですが」と言葉を紡ぐ。

「男を知らぬ生娘のまま――と、さきほどおっしゃったばかりでは？」

「もちろん疵物《きずもの》にすることは許さん。だが、最後までせずとも、男が欲を満たす手段などいくらでもあるだろう？」

寛大さを装うようにマディウスは言ったが、彼の真意は明らかに別のところにある。

その「手段」によってティレナをさらに追い詰め、絶望の底に叩き落とすつもりだ。

「どうした、やらんのか？」

動かないラーシュに、マディウスはたたみかけてくる。

「それとも、その若さで使い物にならぬというわけか？」

「……まさか」

一瞬、ラーシュが鼻で笑ったように感じたのは気のせいだろうか。

「陛下のご所望とあらば、僭越《せんえつ》ながら使わせていただきます」

ティレナの前に回り込んだラーシュが、無造作に服を脱ぎ出した。

露《あらわ》になるその肢体に、ティレナは状況を忘れて見入ってしまった。

（これが、男の人の体……）

がっしりとした広い肩に太い首。

筋肉の在処《ありか》がわかる厚い胸に、割れ目の浮き上がった下腹部。

異性の裸を目にしたのは初めてだし、比べられるものなどないけれど、ただの鍛冶師というだけでこれほどに引き締まるものだろうか。

しかし、純粋に見惚れていられたのはそこまでだった。

膝立ちになったラーシュが脚衣の前を緩めると、予想だにしていなかったものが現れ、ティレナは固唾《かたず》を呑んだ。

(何これ……大きい……)

「化け物でも見たような顔だな」

憮然《ぶぜん》としたラーシュが、下肢の中心でそびえるものに手を添えた。

ずっしりとした男の証は、禍々《まがまが》しい蛇《へび》にも似た形状でティレナを圧倒させた。

「握れ」

「……え?」

「こいつを手で擦って刺激しろ」

唖然とするティレナの両手を摑み、ラーシュは自身のそれを包ませた。

鉄のような硬さに驚いていると、さきほどと同じく、ラーシュの手ごと上下させられる。

羞恥と戸惑いに、ティレナは顔を伏せた。

ティレナとて、男の股間に生殖器があることくらいは知っている。それを女の体内に入れて子を作るのだという自然の摂理も。

しかし、その男性器がここまで大きく、重たげに実るものだとは思わなかった。両手だから包みきれるが、片手ではとても無理だ。

こんなものを腹にねじ込まれたら、華奢な女性はそれだけで死んでしまうのではないか。

(最後まではしないって言ったわよね……？)

すがるように思いながら、手の中の熱芯を擦らされる。

ふいにラーシュの手が離れ、ティレナは困惑した。

とっさに動きを止めてしまうが、「続けろ」と頤《おとがい》を摑まれる。

「目を逸らすな。俺を見ていろ」

「……なんで」

「こういうことは、相手の反応を確かめながらするもんだ」

(そんなこと言ったって……)

ティレナは反発めいた思いを覚えた。

反応を見ろと言うが、ラーシュはさきほどから——いや、この部屋で初めて顔を合わせたときから、基本的に無表情だ。ティレナがはしたなく乱れる姿に、あからさまな興奮を見せることもない。

そういう意味では——と、ティレナは握ったものに目をやった。

ここがこんな状態になっているのは、ある意味ひとつの「反応」なのか。

（こんなこと、本当はしたくない……けど……）

マディウスの望む「見世物」を繰り広げない限り、この時間は終わらない。

ティレナは感情を押し殺し、剛直を上下に扱《しご》いた。ぎこちなく動くティレナに、ラーシュが訥々《とつとつ》と言葉をかける。

「もっと強くていい。動きも速めて……そう。それくらいだ」

こんな行為はただの作業だ。ティレナはそう割り切ろうとした。

が、手の中のものがときおりびくんと震えると、無心ではいられなくなる。

いつの間にか先端の鈴口には、透明な雫《しずく》が盛り上がっていた。これは何かと問うように見上げれば、

「それを塗り広げて擦ってみろ」

と難易度の高い要求をされた。

（こんな感じ……？）

正体のわからない液体を親指ですくい、まずは亀頭全体にまぶしてみる。

途端、ラーシュが苦しそうな息を洩らした。

気のせいかと思い、肉竿の裏にまでぬめりを広げて擦ると、握ったものがひと回り嵩《かさ》を増した。

「っ……!?」

もともと巨大だったのに、まだ膨張《ぼうちょう》する余地を残していたことに慄然《りつぜん》とする。

男性の体はやはりわからない。

それ以上にラーシュのことがわからない。

（私のすることに感じてるの？　……今、何を考えてるの？）

こちらを見下ろす彼の瞳は、わずかな熱を帯びているように見えた。

それが何によるものか確かめたくて、ティレナは両手を動かした。ラーシュが零す体液のせいで、掌はにちゃにちゃと粘着質な音を立てている。

「口は使わんのか？」

マディウスがまた横槍を入れた。

ラーシュの眉間に皺が寄ったが、マディウスに向けた顔は無表情に戻っていた。

「陛下は口淫《こういん》を好まれますか」

「あれを嫌いだという男がいるか？　儂に奉仕させるときのため、今からしっかり仕込んでおけ」

「……承知しました」

ラーシュはティレナの肩を突き、寝台の上に押し倒した。両脚を開かされた姿勢のまま、ティレナは荷物のように転がされる。

その顔の横にラーシュが腰を据えた。

胡坐《あぐら》をかいた腿に頭をのせられたと思ったら、口元に熱い切っ先が触れた。

「咥えろ」

一瞬、何を言われているのかわからなかった。

理解したティレナは慌てて首を横に振り、拒絶の意志を示した。

手で触るところまでは、どうにか我慢できる。

けれど、これを口に入れるだなんて――そんないやらしい行為は、想像の埒外《らちがい》だ。

「口を開けろ」

ぬるついた先端が、ティレナの口をこじ開けようと何度もぶつかる。

懸命に唇を閉ざしていると、ラーシュはやり方を変えた。ティレナの股間に手を伸ばし、陰核をくりくりと転がし始めたのだ。

「うんっ!?　う――……っ！」

びくっとすると指が離れ、油断して力を抜けば、また押し潰すように触れられる。

びりびりした刺激が下肢を襲い、ティレナの腰は淫らに揺れた。

(だめ……だめなの、そこ……本当に……っ)

ぷっくりと露出した花芽こそ、ティレナの最も感じやすい弱点だった。

幾晩もかけて快楽を刷り込まれたそこは、少し触られるだけで赤々と腫れる。

薄い包皮を丁寧に剝かれ、根本を執拗に捏ねくり回されると、脳天に突き抜けるほどの喜悦が走った。

「あっ、あん、ふっ……ぁあぁぁっ！」

引き結んだ唇がついに解け、ティレナは嬌声を放った。

すかさず口を割って入るものの大きさに、顎が外れそうになる。

「ぅぐ……んぅうっ……!?」

ぐいぐいと突き込まれる肉芯を舌で押し返そうと試みたが、儚い抵抗に終わる。

むしろそれは、ラーシュにとっては望ましい行為だったようだ。

「自分から舌を遣うとは心得てるな」

「んっ……！」

違うと首を振ろうとすれば、大きな亀頭が喉にぶつかってえずいてしまう。

粘膜に擦れる刺激が心地いいのか、ラーシュは息をついた。

「そのまま、吸って舐めろ。あんたの好きなところも触ってやる」

「っ……ふぅうっ……」

ティレナはなすすべもなく、口腔を塞ぐものに舌を這わせた。

汗なのか、鈴口から滲む体液なのか、塩気のある味が鼻に抜ける。

たどたどしい舌遣いに応えるように、ラーシュは秘玉への愛撫を続けた。ときには秘裂を割って、自慰では届かなかった場所までをずちゅずちゅと擦り尽くした。

うまく息が吸えないせいか思考が鈍り、自分が何をして何をされているのか、次第に曖《あい》昧《まい》になってくる。

「あう、う……んぅ……っ」

膣奥でラーシュの指が躍《おど》り、濡れ襞がぐちょぐちょと音を立てていた。

絶えず注《そそ》がれる悦楽に、性感がきりもなく高まる。口蓋《こうがい》に亀頭をなすりつけられると、ぞわぞわと悪寒に似た快感を覚えた。

「あんたは口の中も敏感なのか」

ティレナの反応を見破ったラーシュが、腰を揺すって屹立を出し入れする。ぐっぽぐっぽと空気の混ざる音がして、口の端からだらしなく唾《つば》が垂れた。

「ん、んっ、……ぅう、ぐ……っ！」

一体自分はどうしてしまったのか。

まだ媚薬の効果が抜けていないせいなのか。

全身に縄をかけられ、屈辱的な「奉仕」とやらを強《し》いられているのに、蜜洞《みつほら》はきゅうきゅうと甘く啼《な》き、ラーシュの指を懸命に貪《むさぼ》っている。

肉茎《にくぐき》で口を犯されながら、ぐんぐんと育っていく快感に、ティレナは身を震わせて感じ入ることしかできなかった。

「もっと……唇で、締めつけろ……っ」

狭い口腔を穿《うが》ちながら、ラーシュの声が初めてかすれた。

浅い息を零しながら、腰の動きが振り切れたように速くなっていく。

（これ……ラーシュも、気持ちがいいの……？）

思った瞬間、攪拌《かくはん》される蜜壷からどぷっと淫水が溢れた。

目元を上気させたラーシュの眼差しは、ティレナの心臓を騒がせた。

切羽詰まった彼の表情は、己がただの調教役であることを、今だけは忘れているように見せたのだ。

「ぁ……ん……んぶっ、んっ……」

口内で暴れる雄芯と同じ動きで、二本に増えた指が膣奥を抉った。

深く差して、引いて、また潜って、尖った淫芽は掌でぐちゅぐちゅと恥骨《ちこつ》に押しつけられる。

腹の奥がどろりと煮えて、ティレナは塞がれた口で悲鳴をあげた。

「……っく、ん、……っ、ぅんんっー……――！」

咥えた肉棒がぶるるっと震え、唐突に引き抜かれた。

次の瞬間、湯のように温かいものが、ティレナの顔や胸にびしゃびしゃと降り注いだ。

「――っ、……ぁ……はっ……」

白濁を撒《ま》き散らしたラーシュは、肩で息をしていた。

ティレナは呆然とし、頬についたものを指で拭《ぬぐ》った。ねばねばして糸を引くそれは、ひどく青臭い。

これがラーシュの子種なのかと、彼を見上げたティレナはどきりとした。

こちらを見下ろすラーシュは、見たことのない表情を浮かべていた。

苦しそうな。

悔やむような。

穢されたティレナを正視しがたいように、視線が横に流され——そして。

「くくっ……無様だなぁ、ティレナ！」

マディウスが膝を叩いて大笑いした。

「奴隷だと罵った男のモノをしゃぶらされて、顔中を精液まみれにされて。そのままエレインのもとへ戻って、何をされたか説明してやれ。頭のおかしくなったあの女が、どこまで理解するかは知らんがな」

それを合図に、ラーシュがティレナを縛《いまし》める縄を解いた。滞っていた血がどっと流れ出し、脚がじんじんと痺れる。

兵士の一人が進み出て、情けのようにガウンを羽織らせてくれた。まだしっかりと歩けないティレナは、彼の手を借りて寝台から降りる。

ふらつく足取りで連れ出される寸前、ティレナは後ろを振り返った。

黙々と衣服を整えるラーシュは、もうこちらを見ていなかった。

けれど——と、ティレナはさきほどの記憶を反芻《はんすう》する。

己の精にまみれたティレナを見つめた彼は、声には出さず唇を動かしたのだ。

——『すまない』と。

◆　◆　◆

すでに幾度か訪れたマディウスの部屋は、相変わらず目にうるさかった。

扉と窓を覗いたすべての壁に、ありとあらゆる武器が飾られている。

片刃の剣に諸刃《もろは》の剣。槍に斧《おの》に弓矢に鉄扇《てっせん》。

死神が持つような大鎌に、砂漠の国で使われるという三日月刀《シャムシール》——鑑賞用の摸造品も混ざっているが、そのほとんどが本物だろう。

もちろんラーシュが献上するのは、実際に人を殺傷できるものばかりだ。

「ご注文の品が完成しました」

仕上げ終えたばかりの武器を差し出すと、寝椅子に横たわったマディウスは嬉しそうに受け取った。

近頃は体調が思わしくないとかで、人がいてもこのような格好でいることが多い。

包んでいた布を解くと現れたのは、刃渡りだけでも三十寸はある長剣だ。凝《こ》った細工が施された鞘《さや》を払えば、ぬめるような光を帯びた刃が覗く。

「おぉ、なんと美しい……！」

残虐非道で知られる男の瞳が、このときばかりは無邪気な子供のように輝いた。柄を握った手首を返し、表から裏から存分に矯《た》めつ眇《すが》めつする。

「この輝きも鋭利さも、我が国の職人では到底真似できまい。もちろん切れ味も素晴らしいのだろうな」

試し斬りをしたくて仕方なさそうなマディウスに、ラーシュは黙って頷くのみに留めた。目的のためにはやむを得ないが、この男に人殺しの武器を差し出すのは、ひどく胸の悪い行為だ。

いや。胸が悪くなるというならば、もっと――。

「お前の仕事はいつも抜かりがない。昨夜のティレナへの仕打ちも実によかった」

触れられたくない記憶に触れられ、喉の奥が苦くなった。

媚薬を用いてティレナに自慰をさせ、口淫まで強制した己の所業を思い出して。

「ああ。エレインの代わりにティレナをいたぶると決めたときは、ここまで面白いことになるとは思わなかった。お前が自ら調教役を名乗り出たのも意外だったが」

「以前にも申し上げたとおりです。俺はあの娘にさんざん虚仮《こけ》にされましたから」

それはとっさの思いつきで、苦しまぎれの選択だった。

今から約ひと月前――今日と同じように、この部屋を訪れていたときのことだ。

『失礼いたします、陛下』

マディウスの側近が入室し、主の耳に何事かを囁いた。

それを聞いたマディウスは、不機嫌そうに舌打ちした。

『エレインはとうとう壊れたか。狂った女を痛めつけてもつまらんし、ここは妹のほうで退屈しのぎをするのもいいが……』

『発言をお許しくださいますか』

気づけばラーシュは、そう口を挟んでいた。

エレインが『壊れた』というのも不穏だが、それ以上に『妹のほうで』という言葉を聞き逃《のが》せなかった。

『陛下がおっしゃったのは、刑場で俺を打ち据えた娘のことでしょうか』

『そういえば、お前はあの娘と縁があるのだったな』

今思い出したというようにマディウスは言った。

『儂の愛妾の妹で、ティレナという。姉のほうを可愛がってやったところ、やり過ぎたのか正気を手放したようでな。代わりに自分を――と妹自身が言い出した。以前にも同じことを言われて、そのときは興味が湧かずに流したが、今なら違う楽しみ方もありそうだ』

（違う楽しみ方、だと――？）

無表情の下でラーシュは焦った。

気を利かせたつもりなのか、側近がマディウスに尋ねた。

『例の拷問係をまた呼んでおきましょうか』

『いや。ティレナに関しては、あの男は役に立たん』

マディウスは緩慢に首を横に振った。

『あいつは、致命傷ぎりぎりまで獲物を痛めつけることには長《た》けているが、それ以外は普通の男だ。性欲に振り回される人間だと今回は使えんな』

ラーシュの覚えた嫌な予感が現実のものとなっていく。

マディウスの意図を汲んだ側近が、念を押すように言った。

『つまり妹のほうは、性的に辱めるおつもりで？』

『ああ。あの娘は姉と違い、気骨《きこつ》のある面構《つらがま》えをしていた。単純な苦痛なら耐えてみせるかもしれんが、しょせんは温室育ちの小娘。男の手で快感に狂わされ、己がただの雌であることを思い知らせてやれば、あの気丈さがどこまでもつか――』

ほくそ笑むマディウスの顔は、ラーシュがこれまでに出会った人間の中で、誰よりも醜悪だった。

『凌辱役は誰が良いだろうな。脂《あぶら》ぎった醜い男だと、絵面《えづら》としては面白いが。使い勝手という意味では、理性の強い淡泊な男のほうが――』

その言葉を聞いて、ラーシュは心を決めた。

この場に居合わせたのも何かの導きだと、マディウスに向けて口を開く。

『その役目、俺に任せてはいただけませんか？』

『なんだと？』

マディウスは虚をつかれたようだった。

考える間を与えまいと、ラーシュはたたみかけるように告げた。

『俺はあの娘に衆目の場で罵倒され、殴られました。もとは陛下の決定に逆らおうとしたことがきっかけで、申し開きのしようもありません。とはいえ、陛下の威を借る彼女の態度は、今思うと不遜《ふそん》に過ぎるのではないかと。調子づいた娘の仕置き役に、どうか俺を使ってください』

『なるほど。要するにお前は、ティレナに復讐がしたいのか』

『はい。多少ですが、女の扱いには自信があります』

それはまったくの嘘ではなかった。

お世辞にも愛想のよいほうではないのに、ラーシュの周りには言い寄ってくる女たちが絶えたことがなかった。

後腐れのなさそうな相手を選んで夜を共にしたことは何度もあるし、仲間に強引に誘われて娼館に通った時期もある。

性欲は人並みだが、体力と観察眼はあるほうだ。相手の反応を仔細に見極め、攻め方を変えることにも慣れている。

『そこまで言うなら任せてもよいが……』

条件がある、とマディウスは言った。

『復讐目的とはいえ、お前自身がティレナを犯せると思うな。じっくり愉しむためには、単純に処女を散らすなどもってのほかだ。時間をかけて快楽漬けにし、自《みずか》ら股を開く性奴隷に調教することがお前の仕事だ』

そう言われて、ラーシュはむしろ安堵した。

他の男にティレナが穢されるくらいならと名乗り出たが、初花まで散らしてしまえばひどく寝覚めが悪いだろう。

——とはいえ。

『いわば、お前は料理人だ。そのまま食うには雑味の強すぎる食材を、儂の舌に合うよう手間暇かけて仕込んでくれ』

趣味の悪い喩《たと》え話に、平静を保つのに苦労した。

エレインには食指を動かさなかったマディウスが、ティレナに関してはいずれ手を出すと宣言したのだ。

そんなことのために協力する気は毛頭ないが、今はとにかく疑いを抱《いだ》かれてはならない。鍛冶師として重用されるよう振る舞ったのも、ひとえにマディウスの信用を得るため。

——悪逆の王の懐に入り込み、託された使命を果たすためだ。

「失礼いたします、陛下」

扉が叩かれる音に、ラーシュは意識を過去から引き戻した。

先刻までの回想をなぞるように、例の側近の男が入ってきた。

彼はラーシュを一瞥《いちべつ》し、マディウスに小声で耳打ちした。そんな光景まで、ひと月前とまったく同じだ。

「……そんなことのためにいちいち来たのか？」

「も、申し訳ございません！」

マディウスに睨まれ、側近は震えあがった。ころころと気分を変える暴君の勘気《かんき》に触れれば、半刻後には首と胴体がばらばらになっていてもおかしくないのだ。

「ですが、そろそろ準備を始めねば間に合いませんので……移動に伴う人員の選定や、滞在先での備蓄の手配も……」

「バルダハルだ」

羽虫でも追いやるように、マディウスはぞんざいに手を振った。

「この冬はあそこの砦《とりで》で過ごす。そのつもりで準備しろ」

「畏《かしこ》まりました」

一刻も早く立ち去りたいとばかりに、側近はそそくさと退室した。

（……バルダハル）

耳をそばだてていたラーシュは、改めて胸に刻んだ。

どう探りを入れようかと悩んでいたが、思いがけず訪れた好機に血が滾る。

――この国に潜入し、マディウスの言いなりになってまで得たかった情報を、ようやく摑んだのだ。

「お前も来い、ラーシュ」

声をかけられ、ラーシュは一体なんのことかと戸惑う顔をしてみせた。

「儂は毎年、冬になると湯治《とうじ》に行くのだ。病のせいで、足が痺れて痛むのでな」

「そうなのですか」

もちろん知っていたが、初めて聞いたように相槌《あいづち》を打つ。

彼が持病を患《わずら》っていることも、そのための療養地が複数あることも、少し身辺を探ればすぐわかった。

主な症状としては、手足の麻痺やむくみに慢性的な疲労感。皮膚の乾燥に、喉の渇きや目のかすみなど、ひとつひとつは軽症でも重なると煩《わずら》わしいものばかりだ。

原因は不明で、不摂生な生活ゆえとも、生まれつきのものとも言われている。

名医と呼ばれる医者が幾人も呼ばれたが、根治は難しく、対症療法でしのぐしかないとのことだった。もちろん彼らは藪《やぶ》医者と謗《そし》られ、処刑の憂き目に遭っている。

「この冬は、バルダハル山頂の砦で過ごすことにした。退屈しのぎにティレナも連れていくから、お前も同行するといい」

ラーシュは「はい」と頷き、頭《こうべ》を垂れた。

（……あと少しだ）

己を偽って敵国の王に仕えるのも、罪もない少女を嬲《なぶ》るしかない日々も。

涙に濡れた翠《みどり》の双眸《そうぼう》が脳裏をよぎり、ラーシュは唇を噛みしめた。

決して届かないと知りながら、胸の裡《うち》で呟かずにいられなかった。

（許してくれとは言えない。だが……――どうか、あと少しだけ耐えてくれ）

5　信じる心

その夜のマディウスは様子がおかしかった。

地下室に足を踏み入れたティレナは、すぐさま彼の異変に気がついた。

(すごく顔色が悪い……それに、この息遣い)

長椅子に座るマディウスは、死にかけの犬のようにぜいぜいと呼吸していた。

膝掛けを摑んだ手が震え、こめかみから流れる汗は、たるんだ顎を伝って胸元に染みを作っている。

「陛下」

寝台のそばに立つラーシュが、見かねたように言った。

「ご体調が優《すぐ》れないようです。今夜はお休みになられたほうが――」

「うるさいっ！」

マディウスは唾を飛ばして激昂した。

「くそっ！　何故、儂の体はこうままならぬ……今夜は特にむしゃくしゃする……さっさとその女の悲鳴を聞かせんか！」

説得は無理と悟ったのか、ラーシュは護衛兵たちに目を向けた。

彼らは揃って、無関係だとばかりにそっぽを向いた。主君の具合を慮《おもんぱか》る気持ちも、あえての意見で不興を買う覚悟も、彼らには端《はな》からないらしかった。

「……来い」

息をついたラーシュに呼ばれ、ティレナは躊躇した。心配する義理などないが、こんな状態のマディウスを放っておいていいものか。

だがどのみち、ここでのティレナに発言権などない。

寝台に近づくと、ラーシュに「服を脱げ」と命じられた。

ティレナは感情を殺し、そのとおりにした。羞恥心も屈辱感も相変わらずだが、ここで抵抗しても、結局は力ずくで従わされることを学んでいた。

（せめて、マディウスと兵士たちがいなかったら……）

一糸《いっし》纏わぬ姿で寝台に乗り上がったところで、何を考えているのかと動揺する。

これではまるで、ラーシュと二人きりなら裸を見られても構わないと思っているようではないか。

小卓の抽斗が開けられる音がした。

今夜もラーシュは道具を使って、ティレナを辱めるつもりのようだ。

(縄は困るわ……痕が残れば、姉様に気づかれるかもしれないもの)

誰にも言っていないが、近頃のエレインの譫妄《せんもう》はたまに途切れることがある。

長雨《ながさめ》の中の短い晴れ間のように、正気を取り戻したエレインは、

『どうしてマディウスは私を呼ばなくなったの?』

と戸惑って首を傾げるのだ。

症状が落ち着きつつあるのなら嬉しいが、完全に回復したとして、再びマディウスに姉を差し出すつもりはなかった。

自分ならまだ耐えられる。

憎い敵の前で恥辱を舐めさせられても、命に関わる暴力を振るわれているわけではない。

——それに。

(この間……ラーシュは、『すまない』って……)

錯覚でなければ、数日前、彼は確かにそう言った。

あれからティレナは、彼の反応を慎重に窺ってきた。

快感に乱されるとそれどころではなくなるものの、ティレナの見る限り、ラーシュがこの行為を愉《たの》しんでいるようには感じなかった。

こちらの尊厳を砕く言葉や、体の反応を揶揄《やゆ》する台詞は、ティレナに対してというより、マディウスに聞かせるためのもののようにも思えた。

そう――台詞。演技なのだ。

一旦そうではないかと疑うと、ここで行われることのすべてが芝居じみたものに思えてくる。

この寝台は舞台であり、役者であるラーシュとティレナは、観客《マディウス》を退屈させないための演目を演じさせられている。

（もしかして、ラーシュもこんなことをするのは本意じゃない……？）

その思いつきはティレナの胸を騒がせた。

ラーシュは鍛冶師としてマディウスに重用されているが、そこはやはり気まぐれな暴君のこと。何をきっかけにその特権を失うかはわからない。

ラーシュもしょせん、我が身大事な普通の人間だったとしたら――それは当然のことで、責めるつもりはないのだけれど――マディウスにとって有益な駒《こま》であると示すため、調教役を買って出たということはないだろうか。

（勝手な思い込みなのかもしれないけど……でも）

ティレナを攻め立てながら、ラーシュはときおり苦しそうな目をすることがある。その眼差しに一縷《いちる》の望みを託したくなる。

工房で話したときのラーシュと今の彼は、根本では変わっていないのでは。

本当は、自分のことを憎んでなどいないのでは——と。

「今夜はこれを使う」

目の前に座ったラーシュが手にしていたのは、初めて見る道具だった。縄ではないことにほっとしたが、棒状のものの正体が不明で見入ってしまう。

「張型《はりがた》だ」

そこまで言われても、ティレナにはその用途がわからなかった。

材質は、何かの動物の角だろうか。表面は黒く艶《つや》があり、なめらかに研磨されている。

問題なのはその形だ。

先端は茸《きのこ》の笠のように張り出して、下の握り部分はやけにごつごつしていて——と、そこまで観察して気がついた。

見たことがある。

これに似たものを、自分はもう知っている。

「使い方はわかったか?」

股間を凝視されたラーシュが言った。

はしたない真似をしてしまったと、ティレナは顔を赤くした。

(だって似てたから……この間見た、ラーシュのと……)

違う点といえば大きさだけだ。

男性器を模した張型は、ティレナが見たものの半分ほどの太さだった。それでも成人男性の指二本程度はあるだろうか。

「咥えろ」

張型を口元に突きつけられ、ティレナは反射的に身を引いた。

逃すまいと後頭部を押さえたラーシュが、威圧的に言った。

「俺のものを呑み込めたなら、これくらいは余裕だろう」

「でも――っ……ん！」

言い訳をしようとした口に、先端をねじ込まれた。頬の裏を硬いものでぐりぐりされて、輪郭が不格好に膨らむ。

「唾を絡めてよく舐めろ。しっかり濡らしておかないと、あとであんたがつらいだけだ」

「ん、うぅ、……っ」

無遠慮に口内を刺激されると、そうしようと思わなくても勝手に唾液が溢れてくる。

「これは口淫の稽古《けいこ》でもあるからな。男の目を愉《たの》しませる舐め方と、本気で射精させるための舐め方、両方を覚えておけ」

ラーシュの教えは具体的で、こんな場合でもなければ、教師に向いているのではと思ってしまうほどだった。

たとえば前者なら、上目遣いで男の前に跪《ひざまず》き、両手で男根を捧げ持って、伸ばした舌でぴちゃぴちゃと音を立てて奉仕する。唾液を亀頭に垂らし、竿部分をねっとりと舐め上げ、ときには横からかぶりついた唇を大胆に滑らせてみせる。

後者ならば全体を口に含み、隙間ができないよう強く吸い上げ、首を上下させる。含みきれない部分は手で握り、素早く扱《しご》き立てながら、陰嚢《いんのう》を揉み込む合わせ技で吐精に導く——等々だ。

(どうしてラーシュは、こんなことを詳しく知ってるの?)

張型相手の「稽古」を強《し》いられながら、ティレナはいまさらな疑問を抱《いだ》いた。

(これまでたくさんの女の人と、こんなことをしてきたの……?)

胸の奥が、じくりと膿むように痛んだ。

その理由を考えるより前に、ラーシュが張型を引き抜いた。ちゅぽん、と音がして、飲み込み切れなかった涎《よだれ》が喉元にまで垂れていく。

「もう充分だろう。そこで四つん這いになれ」

「……四つん這い?」

「向きはわかるな? だらしなく喘ぐ顔を、陛下に御覧になってもらえ」

「っ……いや!」

命じられたのは、知性のない獣《けだもの》の姿勢だ。

蛙《かえる》のように股を開く普段の格好も恥ずかしいが、これはこれで抵抗感が激しい。このあと何をされるのか、わからないからなおさらだ。

「まだ自分が人間だとでも思ってるのか？」

ラーシュが冷徹に言い、ティレナの背を押して這いつくばらせた。ついでに尻をぴしゃりと叩かれ、痛みよりも衝撃にティレナは身をすくめた。

こんなことをされると、ラーシュの本心がまたわからなくなってしまう。

（これも演技なの？　それとも……）

マディウスのほうに頭を向け、おずおずと犬のような体勢になる。

一瞬だけ見やった彼は、さっきよりも赤い顔で息を荒らげていた。興奮ゆえか、体調が悪化しているのか、どちらとも判断がつかない。

（……どうでもいいわ、あんな人のことなんて）

ティレナは思い直し、視線を逸らした。

向こうが勝手に見たいというのなら見ればいい。

けれど、自分の世界からはマディウスなど締め出してやる。

見なければ、存在しないと思えば、相手はこちらになんの影響も及ぼさない——いつしかティレナはそう考えることで、この時間を耐え忍ぶようになっていた。

背後に回ったラーシュの手が、再び尻に触れた。

臀部《でんぶ》の奥を覗くように左右に割られ、性器ばかりか排泄口をも晒されて息を呑む。

「っ……やめて……！」

これがマディウスならば、虫に見られているだけだと割り切ることもできるのに、ラーシュが相手だとそうはいかない。

剥き出しのそこが彼の目にどう映っているのか、考えるだけで泣きたくなった。

熟れ具合を確かめるように、ラーシュが蜜口をまさぐった。

ティレナの内部はまだ乾いていて、指一本を差し込まれるだけで引き攣れた。苦痛に息を詰めたのが伝わったのか、それはすぐに抜かれた。

「さすがに、偽物をしゃぶるだけでは濡れないか」

ちゅく――と湿った音がして振り向けば、膣から抜いた指を、ラーシュが己の口に含むところだった。

「充分に濡らしてやるから安心しろ。苦痛に叫ぶ姿じゃなく、快感によがり狂う様が見たいと陛下は仰《おお》せだからな」

ラーシュの骨ばった手が、改めて股間に伸びてくる。

ぬめりを纏った指で肉芽の莢《さや》をめくられ、とんとんと軽く叩く動きに、官能の扉をこじ開けられた。

「あっ、んぁ……そこ……！」

わずかな刺激で育ちきった女の核を、柔らかく捏ねられて腰が震えた。乾いていたはずの花筒《はなづつ》がじゅわじゅわと水気を帯びて、甘酸っぱい匂いが立ちのぼる。

「あんたの好きなやり方で弄ってやるよ。——ほら」

くびり出した秘玉を中指でぬちぬちと擦られ、脳天に鋭い痺れが突き抜けた。

「あぁあっ、はぁあっ——……！」

ティレナは、たまらずに甘い叫びを洩らした。

陰核を苛《さいな》みながら、ラーシュの逆の手はティレナの体中を這った。

汗ばむ内腿から尻山を越えて、敏感な背骨を撫で上げる。まろやかな肩を過ぎ体の前面に回った手が、ふるりと揺れる乳房を摑んだ。

「感じ出すと、あんたの乳首はすぐ尖る」

「……いやっ……そこはいやぁ……」

乳輪の中心で疼き勃《た》つものを摘まれ、こりこりと引っ掻かれると、下腹部の快感と相まって息が弾む。

「ここからこんな音をさせておいてか？」

指を埋め戻された割れ目から、ぷぢゅっと卑猥な音が立った。二本の指で大きく掻き回されると、それはますます聞くに耐えないものになる。

「うっ、ん……、やっ……あぁぁん……っ！」

熱い粘膜を摩擦され、ティレナはひっきりなしの嬌声をあげた。

それこそ獣のように這って逃げようとしたが、ラーシュが全身で覆いかぶさってくるために叶わない。

たくましい肉体の檻に閉じ込められ、乳首と膣孔を同時にいたぶられると、ティレナの膝は激しく戦慄《わなな》き、今にも腰が溶けそうだった。

「ふぁ、はぁ……あっ、ああ、やぁあ……！」

めくるめく波がうねり、またしても陥落《かんらく》させられそうになる寸前、内部を捏ねていた指が唐突に引き抜かれた。

代わりにあてがわれたものの感触に、ティレナは振り返った。

蜜口にくぐり入ろうとしている、硬くて冷たいこれは——。

「っ……何して……!?」

「これであんたの中を解《ほぐ》していく」

嫌な予想は当たっていた。

ラーシュが手にしていたのは、さきほどティレナが舐めさせられた卑猥な張型だった。

「力を抜け。処女膜を破るようなへまはしない。男の形に近いもので、快感を覚えられる体にするだけだ」

「いやっ……そんな変なもの入れないで、やめて……！」

暴れる体は、ラーシュが項《うなじ》に噛みつくことでびくんと硬直した。

獣の雄が雌を大人しくさせるための威嚇《いかく》に、肌という肌がぞくぞくする。

その隙を逃さず、張型の先端が秘裂に沈んだ。

陰唇がめくれ、潤みを湛えた肉の壺へ、作り物の陽根がぬぷぬぷと埋《うず》められていった。

「んぁあああ……っ！」

一番に感じたのは、血の通わない無機物の冷ややかさだ。つるつるとした感触も気味悪く、蕩《とろ》けていたはずの媚肉がすくむ。

処女膜は破らないと言ったとおり、さほど奥まで入ってこないのは救いだったが。

「あぅっ……！」

淫具の切っ先に柔らかな場所を抉られ、ティレナは呻いた。

入口から斜め下――ちょうど恥骨《ちこつ》の裏にあたる場所だ。

「ここだろう？　指で擦ってやったときも、あんたはここで一番悦《よろこ》んでた」

「うっ……や、……つめた……っ」

「すぐにあんたの熱で温まる」

ラーシュの言うとおりだった。

浅い場所で抜き差しされるうちに、蜜洞《みつほら》はじわじわと淫熱を取り戻した。そこに包まれる疑似男根も周囲の温度に馴染んでいく。

ずぷずぷと出し入れしたかと思えば、円を描くように回転させられ、じゅぐっ、ぬぷっ、と愛液が白く泡立った。

「ぁあ、や、うう……っあ！」

「あんたはやはり覚えがいい」

ティレナを懊悩《おうのう》させながら、ラーシュが言った。

「何をされても簡単によがって、男の欲情を煽ってみせる。きっと相手が誰でもな」

「っ……ちが……！」

違うと叫びかけ、ティレナははっとした。

反応してしまったのは、言葉の前半ではなく、『相手が誰でも』という部分のほうだ。

そのことを自覚した途端、混乱する。

さっきも似たようなことを思ったが、自分の態度は、相手がラーシュだから乱れるのだ
――と言わんばかりだ。

(気づかれた……？)

そう思ったのは、張型を握るラーシュの手が止まったからだ。

振り返って確かめたいが、動揺した今の表情を見られたくなかった。

「……っぁあ!?」

何事もなかったかのように、律動が再開した。ぐちゅぐちゅと掻き回される蜜壺の内で、

意に添わない歓喜が育っていく。

「いやぁ……っ、も、動かしちゃ……ああっ、そこ、ぐりって、だめ……！」

腕の力が抜けて体を支えられず、ティレナは寝台に突っ伏した。

敷布に額を擦りつけ、腰だけを突き出したままひぃひぃと啜り泣いた。

その間も、張型は遠慮知らずに花床《はなどこ》を掻き荒らす。男の雁首に当たる部分が、白濁した愛液をこぷこぷと掻き出し、股間の下に水溜まりを作っていった。

「んっ……ん、は……ぁあぁ……」

終始朦朧としていたティレナだが、そのうちあることに気づいた。

背後から覆いかぶさるラーシュの腰が、お尻に当たっている。そこにごりっとした膨らみが生じていることに当惑した。

（もしかして、ラーシュも興奮してる……？）

ティレナが気づいたことを、ラーシュも察したらしい。

ばれたのならば仕方ないとばかりに、尻の割れ目に深く押しつけられて、ティレナは息を呑んだ。

脚衣ごしとは思えないくらい、彼のそこは熱かった。狭い場所から解放されたくてたまらないかのように、どくどくと脈打っていた。

張型を差し入れたまま、ラーシュが体を揺する。

臀部に擦りつけられる熱塊と、その下で抜き差しされる張型が、同じリズムでティレナを惑溺《わくでき》させた。

(どうして、こんな……こんなの、なんだか……)

まるで、張型と生身の屹立を混同してしまうような——中を穿《うが》っているのはラーシュ自身の猛《たけ》りなのだと、自分を騙《だま》すことも可能なような。

その想像は、ティレナの心身を一気に昂《たかぶ》らせた。

いずれ、マディウスなどに破瓜《はか》されてしまうくらいなら。

心の通わない交わりで処女を奪われるのが同じなら、いっそこのまま——。

「ふぁ、あ、あぁぁ……ん、はっ……！」

蜜襞がうねうねと蠕動《ぜんどう》し、暴れる張型を締めつける。

それをラーシュのものと思い込んだせいか、濃密な快感が膨れ上がり、ほどなく決壊がやってきた。

「あああ、はっ……う、ぁあああん——……っ！」

極みへと押しやられる間も、張型が濡れ襞をじゅぐじゅぐと抉り回すものだから、絶頂感がいっかな引かない。立て続けの恍惚に我を忘れ、顔中が涙と涎《よだれ》でどろどろだ。

そうして、何度目かの絶頂に全身をびくつかせていたとき。

「うぐっ……！」

前方から、絞め殺される豚のような声がした。

靄《もや》がかった視界の中、胸を押さえたマディウスがどさっと重い音を立てて床に倒れた。

「陛下！」

「いかがなさいましたか⁉」

護衛兵たちが慌てて主君のそばに駆け寄った。

うつ伏せた巨体を苦労して裏返すと、マディウスは意識を失っているようだった。かろうじて呼吸はしているが、さっきまでは赤かった顔色が、今は泥のようにどす黒い。

「おい、どうする？」

「医者を呼ぶしかないだろう」

「だが、行って戻ってくる間に何かあったら……」

三人の兵士が、順繰りに顔を見合わせた。真剣にマディウスを案じる者は一人もおらず、全員が責任を取らされることを恐れて尻込みしている。

「持病の発作だろう」

唯一、冷静に言ったのがラーシュだった。

寝台から降りた彼は、膝をついてマディウスの襟元をくつろげた。手首の脈をとり、瞼をめくって何事かを確かめる様子は、医療の心得でもあるかのようだ。

「動悸と眩暈《めまい》による意識低下か――ここは空気も悪い。一人が医者を呼びに行って、残りは陛下を地上へ運べ」

兵士のうち二人は、やるべきことが決まってほっとした表情を浮かべたが、年長の一人が突っかかった。

「どうしてお前の指図で俺たちが――」

「処置が遅れて、後遺症が出た場合のことを考えろ」

その返しに相手は詰まった。

このまま死ぬならまだしも、中途半端に障害が残って生き延びた場合、後手に回った彼らをマディウスが容赦するとは思えない。

「急いだほうがいい。俺はこの女を見張っておく」

「っ……お前らは陛下をお運びしろ！　俺はこの部屋に鍵をかけてから行く！」

年長の兵士が吐き捨て、残り二人がマディウスの脚と脇を抱えた。

小山のような体をよたよたと運び出し終えたところで、扉が外から閉ざされる。ガチャン――と施錠の音が響いたのち、部屋は奇妙な静けさに満たされた。

思いがけずラーシュと二人きりになり、ティレナはのろのろと身を起こした。

その拍子に張型が抜け落ち、さっきまでの痴態を思い出していたたまれなくなる。

「ティレナ」

ふいに呼びかけられて、肩が跳ねた。

今、声を発したのは彼だろうか。

ラーシュ以外の誰もいないのだから、そうでしかないのだけれど。

(名前……初めて呼んでくれた——?)

改めて思い返してみるが、やはりそうだ。

出会ってからずっと『あんた』としか呼ばれたことがなかったから、ティレナはしばらく呆けてしまった。

目の前に立ったラーシュが腕を伸ばす。

とっさに身構えたが、その手は裸の肌には触れなかった。くしゃくしゃになった掛け布を肩から羽織らされ、ティレナは目を丸くした。

見上げた彼は、いわく言い難《がた》い表情をしていた。

何かを告げたそうに唇が開いては閉じて、やっと紡ぎ出された言葉は、苦しげにかすれていた。

「……体は大丈夫か」

「何それ」

ティレナは反射的に口にした。

怒ったというよりも、質問の意図がわからずに困惑したというほうが近かった。

「どうしてそんなことを訊くの？　心配してくれてるんだとしたら、どうして……」

これまでにされた仕打ちの数々を思い出し、声が震える。

その一方で、何か理由があるのなら聞かせてほしいとも切に思った。

感情がぐちゃぐちゃに乱れて、無意識に胸元のお守りを握りしめる。

服も下着も剝がれても、それだけはティレナの肌の上で、常に小さな光を放っていた。

「――そのペンダント」

喉につかえた声を、ラーシュは咳払いと共に吐き出した。

「前にも言ったが、そんなちゃちなもの、後生大事に身に着けるようなもんじゃない」

「……え？」

呆気に取られたのち、ティレナはむっとした。

こちらの質問の答えになっていないし、人が大切にしているものにケチをつけるなんてどうかと思う。

「言ったわよね？　私にとって、これは大事なお守りなの。昔、リラ祭りで出会った男の子にもらったもので」

「今ならもう少しマシに作れる」

「彼とは一緒に花火を見て、それが私の初恋で――……え？」

夢中でまくし立てる中、差し挟まれた言葉は一拍遅れて耳に届いた。

「『今なら』？　『作る』って……え……待って」

頭の中で何かが繋がりそうだった。

正直なところ八年も前のことなので、あの少年の面差《おもざ》しは大分霞んでしまっていた。

はっきりと覚えているのは黒髪で、緑とも黄色ともつかない宝石めいた瞳をしていたことくらいだ。

「……嘘」

突如としてひらめいた可能性に、ティレナは動揺した。

「だって……あの子とラーシュとじゃ、目の色が」

「十代の後半で色味が変わった。うちの血筋にはよくあることだ」

「体つきだって、もっと細くて」

「十三の頃のままの体格だったら、そっちのほうが問題だ。成長期が来て背が伸びてからは、筋肉もつきやすくなったしな」

そう言われて、ティレナは想像した。

ぼやけた記憶による「少年」の目の色を変え、見上げるほどの身長とたくましい筋肉を足してみる。

「あ……」

「繋がったか？」

尋ねられ、ティレナは呆然とした。

すべてを理解した途端、自分の鈍さに嫌気がさした。

（八年前に出会った男の子がラーシュで――ペンダントをくれたのも、この人で）

ティレナはそこではっとした。

あの少年について、自分はなんと言った？

――『今思うと、あれが私の初恋だったのかも』
――『その子とは一緒に花火を見て、それが私の初恋で』

頬がかっと熱くなり、頭を抱えて地面に埋まりたくなってしまう。

（き……聞いてたわよね？　そこだけ都合よく、聞こえなかったなんてことは……）

上目遣いにラーシュを窺うが、彼が見ていたのはティレナの胸元だった。

剝き出しの乳房ではなく、自分が作ったというリラの花を、古い傷に向けるような眼差しで眺めていた。

ざわついていた気持ちが鎮《しず》まり、ティレナは真顔で問いかけた。

「……これ、本当はやっぱり誰かにあげるつもりだった？」

かつてラーシュは言っていた。

好きな女の子への贈り物なのではないかと思ったティレナに、『これはもう、捨てるつもりだった』と言い、『欲しいならやる』と譲ってくれたのだ。

「そのとおりだが、あんたが考えてるような相手じゃない」

ラーシュは言いにくそうに否定した。

「それを贈るつもりだった相手は……母親だ」

「お母様？」

「正確には義理の母だな。俺は養子だったから」

話すべきことは、もっと他にあるはずだった。

ラーシュが凌辱役を引き受けたのは何故なのか。

本当に自分のことを恨んでいるのか。

工房に押しかけていた頃、親切にしてくれたのは嘘だったのか。

——けれど。

「その話、もう少し聞いてもいい？」

核心からあえて距離をとるように、ティレナは尋ねた。

彼がどんなふうに育ってきたのかを知ることで、考え方や信条を理解できるかもしれないと思った。

わかりたいと思うことは、歩み寄りたいと願うこと。

夜毎にこれほどの辱めを受けていても、やはりティレナはラーシュのことを嫌いにはなれないのだった。

「今話すようなことじゃ……」

「いいから」

引かないティレナに、ラーシュは押し切られたように口を開いた。

◆　◆　◆

義理の母といっても、彼女とラーシュとの間に血の繋がりがないわけではなかった。

彼女はラーシュの実父の妹で、叔母に当たった。

若い頃に結婚したが長く子宝に恵まれず、四兄弟の末子だったラーシュが五歳のときに、跡取りとして引き取られたのだ。

養家の両親は穏やかな人たちで、夫婦仲もよかった。

義母は絵心のある女性で、「息子」の絵を何枚も描きたがった。じっとしているのは苦手だったが、彼女が嬉しそうだったから、ラーシュはなるべくモデルになった。

もっとも、その務めからは二年も経たずに解放された。

義両親の間に、待望の男児が生まれたのだ。二人とも高齢で、医者には無理だろうと言われていたのが、まさかの奇跡で。

自分たちの血を引く子が生まれても、義理の両親はラーシュを蔑《ないがし》ろにするようなことはなかった。むしろ今まで以上に気を遣い、この家を継ぐのは長男であるお前だと、ことあるごとに言ってくれた。

それでも人情として、養子より実子のほうが愛しいのは当たり前のこと。

義母が赤ん坊の絵を描くようになると、ラーシュはもうモデルをすることはなくなった。

『本当は、絵を描かれるのは好きじゃなかった』

自分から言い出したラーシュに、

『そうだったの……嫌なことをさせてごめんなさいね』

と謝る義母は、どこかほっとした顔をしていた。

自分を孤立させないために気を回す必要はないのだと、ラーシュなりに慮《おもんぱか》った発言だとは気づいていない様子だった。

弟は天真爛漫な性格で、ラーシュのことを実の兄だと思い込んだまま育った。

何かと自分の真似をしたがり、あとをついてくる姿を素直に可愛いと思う反面、騙しているようで気が引けた。

家にいても息が詰まるため、十歳を超えた頃からラーシュは家庭教師の授業をさぼり、街をうろつくことが多くなった。教会の神父と親しくなり、隠れ家を作らせてもらったのもこの時期だ。

そんなラーシュを、義両親は一切咎めなかった。反抗期だからと鷹揚《おうよう》に流され、それはますます疎外感を深めさせた。

実の親だったら、普通はそこで叱るはずだ。

現に弟のほうは、悪いことをしたら厳しく怒られていた。

遠慮のない親子関係が羨ましくて、けれどそれは永遠に得られないものだと諦めて、ラーシュは本格的に家を出ることを考え始めた。

これまで自分に費やされた金は、将来的に返せばいい。

そのためにはとにかく、一人前に働けるようになるしかない。

思い詰めたラーシュは、大工やパン職人のもとに押しかけ、弟子にしてくれないかと頼み込んだ。子供の気まぐれだと鼻で笑われるばかりだったが、

『根性さえあるならやってみろ』

と唯一言ってくれたのが、偏屈で知られる鍛冶屋の親方だ。

気難しくも器用な彼は、金属を用いる品ならば、およそなんでも手掛けた。

剣に槍に斧に盾。普段使いの鍋や包丁。さらには女性が好む繊細な装身具まで。

ラーシュは必死に食らいつき、怒鳴られたり殴られたりしながら技術を吸収した。

できなかったことができるようになると、親方はにこりともしないまま、分厚い手で乱暴に頭を撫でてくれた。

実父よりも、戸籍上の繋がりがある義父よりも、ラーシュにとっては彼こそが父親のような存在だった。

『お前が本音を言わねぇから、向こうだってどうすりゃいいかわからねぇんだ』

養家での居場所がない気がする——と漏らすラーシュに、親方は言った。

『親父さんのこともお袋さんのことも、ほんとは好きなんだろ？　もうすぐお袋さんの誕生日だって言ってたな。教えてやるから、アクセサリーのひとつでも作ってやれ。きっと喜んでくれるから、それをきっかけに腹に溜めたこと全部話してみりゃあいい』

それで、ラーシュはそうした。十三歳のときだった。

出来上がった女性用のペンダントは、建国祭と誕生日が重なる義母のために、真鍮でリラの花を打ち出したものだった。贈り物なんて初めてのことで気恥ずかしかったが、どんな顔をされるだろうとどきどきした。

当日は、家族だけのささやかな晩餐会が開かれた。

食事の終わりと同時に手渡そうと決めていたのに、弟に先を越された。

『おかあさま、おたんじょうびおめでと！　これ、ぼくがかいたんだよ！』

丸めた画用紙にリボンを結んだものを差し出され、義母は目を丸くした。

リボンを解くと、幼子《おさなご》らしい稚拙《ちせつ》な線で、義母の顔とおぼしきものが描かれていた。お世辞にも上手とは言えなかったが、義母は感激に声を震わせた。

『ありがとう……お母様を喜ばせようとしてくれたの？　あんなに小さな赤ちゃんだったのに、こんなことまでできるようになって……！』

『おかあさまはえをかくのがすきでしょ？　いっぱいかいてもらってうれしかったから、ぼくもかいたの。おかあさまみたいにじょうずになりたいの』

『本当に、なんていい子に育ったんだろうな』

妻の肩を抱いた義父も、目を潤ませていた。

『ええ、ええ、神様に感謝しなくっちゃ……この絵はずっと大事にするわ。今までもこの先も、これ以上に嬉しい贈り物をもらうことなんてきっとないわ』

その言葉に、胸の奥で氷が割れるような音がした。

がたりと椅子を鳴らし、ラーシュは黙って席を立った。

『どうしたの、ラーシュ？』

戸惑うような義母の声を背中に聞いた。それを振り切って家を出たラーシュは、夜の街に向けて駆け出した。

彼らは何も悪くない。

こんなことで悲しくなる自分の心が弱いだけだ。

世の中には実の親から暴力を振るわれ、衣食住にも不自由する子供がいる。

それに比べれば自分は恵まれているのだから、足りないものを数えて己を憐れむなんてみっともない――。

走って走って、にぎやかな祭りの人波にまぎれ、ラーシュはやっと息をついた。

辻音楽師の奏でるリュートの音色。

色とりどりに塗られた出し物の看板。

食欲を掻き立てる料理の匂いと、混ざり合うリラの甘い香り。

様々な刺激の中に身を置くと、寂しさや苛立ちがいくらか薄まる気がした。

漫然と歩き続け、ふと足を止めたのは、視界の隅に違和感を覚えたからだ。

『駄目だぞー、迷子になるぞ』

小太りの男に手を引かれた女の子が、裏路地に入っていく。親子にも見えそうな年齢差だが、少女が顔を強張《こわば》らせているのが気になった。

嫌な予感を覚え、あとを追ってみれば案の定だった。

男が少女の体を壁に押しつけ、細い脚を撫で回している。

その手がスカートの奥へと伸ばされた瞬間、ラーシュは迷わず動いた。

『何してんだ、おっさん』

むしゃくしゃしていたこともあり、振り返られる前に股間を思い切り蹴り上げる。

鍛えようのない急所をやられ、崩れ落ちる男の向こうで固まっていたのは、翠玉のような瞳を見開いた栗毛の少女だった。

ラーシュを見上げた彼女が、息をついて言った。

『ありがとう……助けてくれて』

◆　◆　◆

「……そう。そんなことがあったから、ラーシュはあの日、あそこにいたのね」

長い話を聞き終えたティレナは、ひとまずそれだけ言った。

（ラーシュは叔母様の嫁ぎ先で養子になって……あとから弟が生まれたせいで、家での居場所をなくして……だから、一人で働けるようになろうと決めて……）

跡取りが必要ということはそれなりの名家か、裕福な商家などだろうか。

ラーシュの立ち居振る舞いを見ていると、それは納得できた。一見《いっけん》粗野に振る舞っているようでも、ふとした仕種に品の良さが滲むのだ。

「元の家族と別れたとき、嫌じゃなかった？」

「どうだったろうな」

当時の感情を振り返るように、ラーシュは言葉を紡いだ。

「父親は忙しい人だったし、母親のほうは俺を産んで少しして病死した。俺を構ってくれたのは三人の兄くらいで……兄たちと遊べなくなるのは嫌だったかもしれない」

「五歳なんてまだ小さいもの。寂しくて当然よ」

物心つく前ならばともかく、意志も記憶もはっきりしてからよその家の子になるというのは、きっとつらかっただろう。

ペンダントに触れながら、ティレナは思考を整理した。

これはもともと、ラーシュの義母のためのものだった。

手渡すこともできなかった経緯や、そのときのラーシュの気持ちを想像すると、他人事ながら胸が痛む。

「私があの夜の子供だって気づいたのは、工房でペンダントを見せたとき？」

尋ねると、ラーシュは首を横に振った。

「刑場で、あんたが俺の前に立ったときだ。遠目には曖昧だったが、そばで見ればすぐにわかった」

「あのときに、もう……？」

ティレナは唖然とした。

あれから八年も経ち、子供から大人へと成長した自分をラーシュはすぐに見抜いたのか。

それに比べてティレナは、彼が例の少年であるとはまったく気づかなかった。場をおさめるためとはいえ、彼を跪《ひざまず》かせて打ち据えることまでしたというのに。

「俺がされるままになったのは、あんたが誰だかわかったからだ。俺が知ってるとおりの相手なら、わけもなく人を傷つける人間じゃないと思った」

「信じてくれたの？　……もう何年も経ってるのに？」

「あんたは変わってなかっただろ」

ラーシュがペンダントに目をやった。

「そんなものを、馬鹿みたいにずっと大事にして」

「馬鹿みたいって――」

「嬉しかった」

気色《けしき》ばみかけたティレナは、そう言われて言葉をなくす。

「あんたがペンダントを捨てないでくれたのも。憎まれ役になってでも他人を守る、度胸のある女だったことも」

「そんな立派な人間じゃ……」

言いかけると、「確かに」とラーシュは続けた。

「単純には褒められない。後先考えずに先走るところも、本当に変わってなかったしな」

「それって、祭りの夜に一人で出歩いて迷子になったこと？」

「それもだが」

素肌に掛け布を羽織っただけのティレナを、ラーシュは苦い表情で見下ろした。

「姉の代わりに、自分からマディウスに身を差し出したこともだ」

「……だって」

責められているわけではないのだろうが、ティレナは言い訳した。

「あれ以上、壊れていく姉様を見てられなくて……大事な人がつらい思いをしてるのに、何もできないことのほうが苦しかったから」

「あんたがそういう人間だってことは知ってる」

だから、と喉に絡む声でラーシュは言った。

「他の男にあんたが嬲《なぶ》られるくらいなら、いっそ俺が——と思った」

その告白に、ティレナは目を瞠《みは》った。

「俺なら少なくとも、あんたの体を傷つけるやり方はしない。俺の知らない場所で、ひどい目に遭ってるあんたを想像したくなくて、それで」

言葉はそこで一旦途切れた。

どう続けても言い訳にしかならないとばかりに、ラーシュは瞼を伏せた。

「……謝ったところでなかったことにはならないし、恨まれる覚悟もしてる。あんたの気が晴れるまで、打《ぶ》つなり蹴るなり好きにしてくれ」

ラーシュは真剣だったが、その言葉がやたらに覚えのあるものだったから。

「……しないわ」

泣き笑いの表情でティレナは言った。

「覚えてる？　私も同じことを言ったのよ。『あなたの気がすむまで、仕返ししてくれて構わないから』って」

何をされても文句は言えないと思いながら、刑場での振る舞いを謝った。

そのときの自分と、今のラーシュの心境はきっと同じだ。

「……よかった」

呟いた拍子に、視界が涙でぼやけた。

「ラーシュに嫌われてるんじゃなくて、よかった……途中から、ひどいことをされるのは演技なのかもしれないって思って……そう信じたくって……」

それが保身目的でもよかったのに、本当の理由は違った。

ティレナの身を守るため。

苦しむティレナの一番近くにいるために、ラーシュは自ら汚れ役を引き受けたのだ。

「……あんたは、なんでそうお人好しなんだ」

ラーシュは顔をしかめて吐き捨てた。

呆れたように。ほっとしたように。――かすれかけた声を誤魔化すように。

「誰にでもそんなふうに甘い顔を見せてたら、すぐに付け込まれるぞ」

「誰にでもじゃないわ」

ラーシュが初恋の少年だったとわかったからではない。

そのことを知るよりずっと前から――工房で気の置けない時間を過ごしていた頃から、自分にとって彼は特別だった。

だからこそ変貌してしまったことが悲しかったし、それが芝居だったとわかって、安堵の涙が出るのだ。

ティレナの濡れた頬に、ラーシュが手を伸ばした。

掌《てのひら》でそっと包み、柔らかくなぞりながら告げた。

「――だったら、付け込ませてもらう」

意味がわからないでいるうちに、彼の顔が近づく。

唇が唇に触れては離れ、また触れた。

あまりに自然な仕種だったので、抗うこともなく受け入れてから、ティレナはようやく気がついた。

淫らなことなら数え切れないほどしてきたけれど、ラーシュと唇を交わすのは、意外にもこれが初めてだ。

もちろん、他の誰ともこんなキスをしたことはない。

「――っ……！」

自覚した途端、頬が燃えるように熱くなった。

狼狽した顔を隠そうと首を背《そむ》けるが、ラーシュはそれを許さない。

二度目の口づけは、さっきの軽いものとは明らかに違った。

しっかりと食《は》み合う角度で口を交差させ、唇を濡れたものでこじ開けられる。

ティレナの胸や秘処をさんざんに舐めてきた舌が、今は口の中を性急にまさぐっていた。

「あっ……、ん……っ」

ティレナはくらりと眩暈《めまい》を覚えた。

擦り合わされる舌の感触は、ひどく淫猥だった。

慣れない刺激に、体の芯が勝手に火照る。恥ずかしくてむず痒い、泣きたいような感覚が、ひたひたと胸を満たしていく。

（マディウスがいないのに、どうして……――）

観客もいない場で、ラーシュがこんなことをする意味はなんだろう。

それにしても、この舌遣いの巧みさときたら。

舌の根までねっとりと舐められ、上顎を絶妙にくすぐられ、鼻にかかった息を洩らすのが精一杯だ。

口の中がこんなに感じるとは知らなくて、ラーシュのすること何もかもに、びくびくと肩を震わせてしまう。

「ぁ……待って……」

目の前の肩を押し返したのは、単に息が続かず苦しかったから。

それ以上の理由はなかったのだが、ラーシュは弾かれたように身を引いた。

「っ……すまない」

口元に手の甲を押し当てて、わずかに頬を赤らめる。

「こんなことをしてる場合じゃなかった。——兵士たちが戻る前に、話しておくことがある」

次《つ》いで切り出されたのは、思いがけない話題だった。

「最近、あんたの姉の具合はどうだ」

「姉様の？」

そういえばラーシュは以前から、エレインの容態について尋ねることが多かった。

怪我を治すための薬もくれたし、姉に懸想《けそう》しているのではと、もやもやしたこともあるくらいだ。

「一時期に比べると落ち着いてるわ。幻覚や幻聴を訴えることも少なくなったし」

「体のほうは？　動けないような怪我はしてないか？」

「それは大丈夫」

「だったら……」

他に誰もいないのに、ラーシュは声を潜めた。

「あと半月程度の辛抱だ」

ティレナは「え？」と目を瞬《しばたた》かせた。

「その頃には事態が動く。マディウスに疑われないように、悪いがそれまでは耐えてくれ」

「どういうこと？　半月後に何が起こるの？」

答えようとしたラーシュが、素早く扉のほうを振り返った。

少し遅れて、ティレナの耳にも足音が聞こえた。兵士たちが戻ってきたのだと知り、ラーシュの耳の良さに驚く。

「……今はこれしか言えない」

視線を戻し、ラーシュは念を押すように告げた。

「どの口がと思うかもしれないが、そのときが来たら、俺を信じて動いてほしい」

曖昧な言葉が意味するところは謎だったが、ティレナは迷いなく頷いた。

霧が晴れたように自分のすべきことがわかって、

「――信じる」

と目を合わせて告げた。

6　雨の中の逃走

馬車の小窓から見える空は、陰鬱な灰色の雲に覆われていた。

車輪を通じた振動ががたがたと腰に響く中、ティレナは隣に座る姉に話しかけた。

「姉様、大丈夫？　酔ってない？」

エレインは、間を置いてゆっくりと瞬きした。

さっきからティレナが話しかけるたび、何を言われたのかわからないとばかりに、無表情に小首を傾げている。

「やはり人形のようでつまらんな」

不機嫌そうに言ったのは、向かいに座るマディウスだ。

できる限り大きな馬車を用意したはずだが、三人がけの座席いっぱいを彼の巨体が占めている。本人も体を伸ばせないのがつらいのか、小刻みに膝を揺すり続けていた。

ティレナはマディウスを見据え、毅然《きぜん》と言った。

「姉にはもう構わないでください。そうお約束したはずです」

「お前はお前で、相変わらず気丈なふりが得意だな」

長い移動が退屈なのか、マディウスはここぞとばかりに揶揄《やゆ》してみせた。

「昨夜もラーシュに乱されて、雌犬のようにきゃんきゃん喚いていたというのに」

「……っ」

動揺を隠そうと、ティレナが唇の内側を嚙みしめたとき。

「きゃんきゃん」

エレインが声をあげた。

無邪気な笑みを浮かべ、幼子《おさなご》のように高い声で犬の鳴き真似をしてみせた。

「きゃんきゃん、わん！　わんわん！」

「はははっ、完全にいかれたか！」

マディウスが指をさして笑い、ティレナは「やめて、姉様」と耳打ちした。

エレインはしばらくそうしていたが、やがてまたぱたりと静かになった。

ティレナは溜め息を吞み込み、再び窓の外に目をやった。

リドアニアの王城を、朝のうちに発ってからおよそ四刻——そのうち半分近くも、馬車は山越えの悪路を進んでいる。

道らしきものは存在するが蛇行が多く、左右ともに鬱蒼と木々が茂っているため、見通しの悪さに御者も苦労しているようだ。

向かう先は、国内の南西に位置する小さな砦だということだった。

ティレナも数日前に初めて知ったが、マディウスは毎年冬になると、療養を目的とした湯治《とうじ》に行くらしい。

同行するよう命じられ、ティレナは『姉を残してはいけません』と言い張った。

味方のいないあの城で、エレインを一人にはできない。姉と一緒でなければどこにも行かないと訴えると、マディウスは『好きにしろ』と言った。

最近の彼は機嫌がいい。

理由はおそらく、地下室でのティレナの変化だろう。

ラーシュと話ができた夜以降、これまでの疑念が消えたティレナは、与えられる悦《よろこ》びをより深く受け止めるようになっていた。

ラーシュは相変わらず無慈悲な凌辱者を演じていたが、もう怖いとは思わなかった。

ことあるごとに思い出すのは、重ねられた唇の感触だ。

結局、あの行為の意味はわからないままだが、記憶を反芻《はんすう》しながら淫らな愛撫を施されると、これまで以上に体が蕩け、あられもない反応を示してしまう。

それをマディウスは、ティレナがいよいよ堕ちる兆《きざ》しだと思ったらしい。

『あと少しで、儂がお前を本当の女にしてやろう』

そう宣言されたのにはぞっとしたが、見えないところでラーシュが手を握ってくれたので、心を落ち着かせることができた。

『あと半月程度の辛抱だ』

『その頃には事態が動く。マディウスに疑われないように、悪いがそれまでは耐えてくれ』

彼がそう言ったからには、何かしらの根拠があるのだろう。

実際、あれから半月が過ぎて、自分たちはこうして城の外に出た。

使用人たちを乗せた数台の馬車も、護衛の騎兵とともに山道を走っている。ラーシュもその中のどこかにいるはずだった。

(何かが起こるとしたら、療養先の砦に着いたあと——?)

ティレナは片腕を伸ばし、エレインの手を握った。何があってもこの手だけは放すまいと、決意を新たにしたときだ。

「……あめ」

エレインがぽつりと呟いた。

見れば、馬車の窓にぽつぽつと水滴が散っている。初めはまばらだった雨は、瞬く間に勢いを増して、周囲をけぶらせるほどになった。

速度を落として進んでいた馬車がやがて停まり、ずぶ濡れの御者が小窓ごしにこちらを覗き込んだ。

「申し訳ありません！　地面がぬかるみ、車輪が取られてしまいました。動かせるようになるまで、今しばらくお待ちください」

山の天気が急変するのはよくあることだが、マディウスは苛立ちも露《あらわ》に舌打ちした。

事態が伝えられ、馬を降りた兵士たちが駆けつけてきた。その中にラーシュの姿があることに、ティレナはどきりとした。

どうやら彼も、手伝おうと申し出ているようだ。泥に埋まった車輪を掘り起こすか、後ろからいっせいに押してみるかと、皆で話し合っているらしい。

どのみち作業のためには、馬車から降りて車体を軽くしておいたほうが良いのでは――とマディウスに提言したが、

「何故、儂が雨に濡れねばならん」

誰よりも重い当人は、まったく動く気はなさそうだった。

「それなら、私と姉だけでも……」

腰を浮かしても何も言われなかったので、ティレナは馬車の扉を開けた。雨の音がやかましく耳を打ち、湿気を吸った髪が重くなった。

降車しようとするティレナに、兵士たちは戸惑っているようだった。

「濡れるぞ……いや、濡れますよ」

国王の愛妾とその妹とはいえ、実際はどちらもただの慰み者だ。

どう接するべきか迷った様子で、形ばかりの敬語を使った兵士に、ティレナは「お気遣いなく」と微笑んだ。

立ち並ぶ木々の中でも特に立派な、枝葉の茂る大樹に視線を向ける。

「あの下にいれば雨をしのげそうです。……姉様、走れる？」

エレインの返事はなかったが、そばにいた御者が気を利かせて踏み台を用意してくれた。

ティレナはエレインの手を引いて、木の下まで走った。この豪雨の中を徒歩《かち》の女が逃げられるわけもないのに、念には念を入れるように、兵士が一人ついてきた。

ぽつぽつとした雫は落ちてくるものの、大まかな雨は頭上の枝が遮ってくれる。

人心地《ひとごこち》ついて馬車のほうを見れば、ラーシュは兵士たちに混ざり、車輪を掘り出そうと泥まみれになっているところだった。

誰かに命じられたわけでもないのに、彼は本当によく働く。

感心半分、心配半分で見守っていると、ふいにラーシュと目が合った。

（……何？）

身振りや手振りではない。

以前のように、唇の動きだけで話しかけられたわけでもない。

それでも、彼が何かを伝えようとしている気がして、ティレナは瞬きした。

黒い雲の上で不穏な音が轟《とどろ》く。

遠雷だと思った途端、周囲がかっと白み、光と影が反転した。

(眩しい……!)

とっさに目を閉じたせいで、事態の把握が遅れた。

兵士たちがどよめき、馬車の方角が一気に騒がしくなる。ティレナらを見張る兵士も、焦ったように口走った。

「まさか、野盗かっ!?」

向かいの森から無数の人影が躍《おど》り出て、兵士たちに襲いかかろうとしていた。全員が薄汚れた身なりで、手にした武器は棍棒《こんぼう》や鎖鎌などとばらばらだ。

兵士たちも剣を抜いて応戦するが、不意を突かれたせいで劣勢を強《し》いられている。

「どうしてこんな場所で……くそっ!」

野盗の一人が、こちらに向かって猛然と距離を詰めてきた。腰の引けた兵士の胴を、大剣で瞬く間にひと薙《な》ぎする。

吹っ飛ばされた兵士は、地面から突き出た岩に頭をぶつけて動かなくなった。

野盗がこちらを振り返り、ティレナはエレインを抱きしめて身構えた。

　このまま攫われるのか、殺されるのか――最悪の事態を思ってすくんでいると、馴染んだ声が響いた。

「ティレナ！」

　混戦の合間を縫ってラーシュが走ってくる。

「来ちゃ駄目！」

　彼が丸腰なのを見て、ティレナは叫んだ。

　野盗の間合いに入ったラーシュが斬り殺されるのではと恐れたが、繰り広げられたのは思いがけないやりとりだった。

「申し訳ありません。雨のせいで予定よりも襲撃が遅れました」

「いや、充分だ。助かる」

　野盗とラーシュが短く言葉を交わした。

　どういうことかと呆気に取られていると、ラーシュがこちらを振り返った。

「来い、ティレナ」

「……どこに？」

「説明はあとだ。早く！」

　鋭い声に打たれ、ティレナは彼のあとを追った。

　たちまち全身が雨に濡れ、水を吸ったスカートが足に絡む。まろびがちになるエレインを気遣いながら、森の奥へ向けて走った。

後方の騒ぎが聞こえなくなった頃、木立の間に二頭の馬が見えてきた。

一頭は灰色の葦毛《あしげ》で、もう一頭は夜の闇から生まれ落ちたような黒毛だ。木の洞《うろ》に隠されていた剣を腰に佩《は》きながら、ラーシュがティレナに尋ねた。

「あんたは一人でも乗れるな？　姉のほうは俺が抱える」

「乗れるけど……」

「よし。なら――エレイン様」

息を切らすエレインに向き直り、ラーシュは口調を改めた。

「さきほどの野盗たちの正体はガゼット兵で、俺は国王陛下直属の密偵です。陛下の命にて、あなた方姉妹をお迎えにあがりました」

（えっ……!?）

ティレナは愕然とした。

エレインを見れば、彼女も同様に目を丸くしている。

だがそれは、ラーシュの正体に驚いたというよりも、別の理由からのようだった。

「――ルディオ様は、私たちを見捨ててはいなかったのですね」

感に入ったようにエレインが呟く。

その瞳にはっきりとした理性の色があることに、ティレナは胸を撫で下ろした。

（姉様ったら……お芝居だってわかってても、さすがに犬の真似は不安だったわ）

馬車の中でのエレインは、あえて奇矯《ききょう》に振る舞っていた。

正気に戻っていることをマディウスに知られれば、再び慰み者にされるかもしれない。彼を欺《あざむ》く演技をしてくれ——とティレナが頼み込んだからだ。

「感謝します、ラーシュ。大変な危険を押して、私たちを助けに来てくれたのですね」

「……感謝など」

ラーシュは口ごもり、ティレナを一瞥した。

「俺は、あなたの妹に……——」

「知っています。けれど、その件は改めて」

エレインが話を切り上げた。

正気を取り戻した姉には事実を隠せず、ティレナは仕方なくすべてを打ち明けた。

そのときはすでに、ラーシュと二人きりで話したあとだった。

自分のせいで妹の純潔が踏みにじられたと嘆くエレインに、ティレナは懸命に訴えた。

ラーシュは悪い人ではない。

八年前のリラ祭りの夜に、迷子の自分を助けてくれた相手だ。

自分は彼を信じているから、どうか憎まないでほしい。今は体調の回復に努めて、マディウスの相手は自分たちに任せてほしい——と。

　そのときは納得しかねていたエレインも、実際にラーシュと対面し、ひとまず矛《ほこ》を収めることにしたようだ。婚約者であるルディオが、自分たちのために寄越した密偵だという話も効いたのだろう。

「乗ってください。慣れないでしょうが、鞍《くら》を跨《また》いで」

　ラーシュの手を借りて、エレインはおっかなびっくり黒毛の馬に跨がった。

　ティレナも鐙《あぶみ》に足をかけて乗り上がり、騎乗姿勢をとった。

　実際に乗るのは久しぶりだが、この葦毛は賢そうないい馬だ。初対面のティレナにも敵意を見せず、首の後ろを掻いてやると嬉しそうに鼻を鳴らした。

「このまま山を下って西に向かう」

　エレインを後ろから抱えたラーシュが、ティレナと馬首を並べた。

「夜更けまで走ったら国境を越えて、河川沿いの道に出るはずだ。もし途中ではぐれることがあったら、川が見えたところで落ち合おう」

　ティレナが頷くと、ラーシュは馬の腹を軽く蹴った。

　黒毛のあとに続き、ティレナも森を突っ切って、麓《ふもと》へと続く道に飛び出した。

　降りしきる雨が肌を打ち、体温を奪っていく。唇は紫色になり、感覚のなくなった手足ががたがたと震えた。

　それでもティレナは、前を行くラーシュだけを見て速度を上げた。

彼が密偵だったと知った今は、様々なことが腑に落ちる。

鍛冶師として取り立てられるよう振る舞ったのも、マディウスに近づくための作戦だ。

従順に仕えるふりで雌伏《しふく》の時を過ごし、自分たちを連れ出す機会を窺っていたのだろう。

(最初から打ち明けてくれてれば、いろいろと気を揉むこともなかったのに……)

小さな不満もないではないが、敵地ではどこに人の耳目《じもく》があるかわからない。

二人で話した夜にもっと時間があれば、ラーシュもすべてを話してくれるつもりだったのかもしれない。

(とにかく今は、無事にガゼットに戻ることだけを考えよう)

足場の悪い下り坂を、四半刻ほども駆けただろうか。

背後に蹄《ひづめ》の音を聞いた気がして、ティレナは振り返った。激しい雨の帳《とばり》の向こうから、十騎ほどの集団が追ってくるのに息を呑む。

ティレナたちの逃亡に気づいた、リドアニアの騎兵群だ。

「ラーシュ、追手が!」

声を張った瞬間、ひゅんっ!　と頰のそばを何かがかすめて過ぎた。

(――矢!?)

運良く当たらずに落ちたそれは、やはり矢だった。

馬上で弓を引き絞る兵士が、再びこちらに狙いを定めている。

「落ち着け、振り切るぞ」

馬の速度を落としたラーシュが後ろに回り、腰の剣を抜いた。背中に目でもついているかのように、二撃目、三撃目の矢を正確に弾く。

怯えたエレインは、馬の首にしがみついて目をつぶっていた。その顔色の悪さに、ティレナは焦燥を覚えた。

体の弱い姉が、さっきからずっと雨に濡れっぱなしだ。

一刻も早く休ませてやりたいのに、この場を切り抜けられなかったら――。

「やっぱりラーシュが先に行って！」

ティレナはさらに速度を落とし、黒い馬の背後についた。騎兵たちとの距離が縮まり、ラーシュに怒鳴られる。

「何をしている⁉」

「姉様が乗った馬を盾にはできない！　ラーシュの任務は、私じゃなく姉様をルディオ様のところに連れ帰ることでしょ⁉」

姉と自分とでは、守るべき優先順位は明らかだ。エレインは未来の王妃だが、ティレナのほうは最悪の場合、切り捨てたところで誰も困らない。

「ラーシュは姉様と逃げることだけ考えて！　お願――っ……⁉」

ひゅっ！　と空気がまた鳴った。

鈍い衝撃が伝わり、ティレナの乗った馬が嘶《いなな》きをあげて棹立《さおだ》ちになった。胴体に矢を受けたのだと悟ると同時に、ティレナは馬上から放り出され、暗い空を見上げながら宙を舞った。

「っ、……——ぐ！」

ティレナは仰向けに地面に落ちた。

内臓に衝撃が走り、呼吸が途切れる。意識があるだけマシだが、パニックを起こした馬がその場をぐるぐると回っていて、ともすれば踏みつぶされてしまいそうだ。

「ティレナ！」

ラーシュが蒼白になり、馬首を返そうとした。

ここで戻ったらエレインごと捕まってしまう。それでは本末転倒だと、ティレナはあらん限りの声で叫んだ。

「行って！　姉様を守って！　待ち合わせの場所、私もあとから行くから……！」

ここでもたもたしていては、ラーシュが思い切れない。

ティレナは軋む体に鞭打って、木立の中に逃げ込んだ。全身がとてつもなく痛んだが、どうにか動ける以上、骨はやられていないと信じるしかない。

「妹が逃げたぞ、どうする!?」

「三人とも捕らえろとの命令だ。二手に分かれて追うぞ。行け！」

兵士たちの声に、ティレナは走りながら臍《ほぞ》を噛んだ。

裏切りを知ったマディウスは、ラーシュを決して許さないだろう。彼自身のためにも、絶対に逃げ切ってもらわなければ。

(追手の半分でも引きつけられたなら、儲《もう》けものよ……!)

前向きに考えるが、真っ暗な山中を逃げ惑うのは無謀でしかなかった。

藪《やぶ》に引っかかったドレスが破れ、剝き出しになった手足を枝が裂く。ぜいぜいと荒い呼吸音が耳につき、追手がどこまで迫っているのかもわからない。

「いたか!?」

「あそこの茂みが揺れた、逃がすな!」

思ったよりも近い場所から声がして、ティレナはぎくりとした。

姿勢を低くし、立ちはだかる草木を掻き分け、獣のように地面を這う。全身が泥と傷にまみれ、心臓が壊れそうに鳴っていた。

ふいに目の前が開け、障害物がなくなった。

藪を抜けたと思ったティレナは、前方をろくに確かめず走り出し、踏むべき地面が消えたことに驚愕した。

「っ……!?」

悲鳴をあげなかったのは、敵に居所を気づかれないため。

それだけは上出来だと思いながら、唐突に出現した大地の窪みへと落ちていく。

途中の岩肌に腰や背中をしたたかにぶつけたが、もはや痛みも感じない。

底知れぬ奈落《ならく》に叩きつけられる前に、ティレナの意識は今度こそ途切れた。

◆　◆　◆

「よくやった！　本当によくやってくれたな……！」

ガゼット王城の最上階で、昂《たかぶ》った声が響く。

頬を紅潮させてラーシュをねぎらうのは、この国の王であるルディオだ。

当年とって二十八歳。淡い金の巻き毛に水色の瞳という取り合わせが、いかにも柔和で人の好《よ》い印象を与えている。

「やはりお前に任せてよかった。この厳しい状況の中、敵国に単身乗り込んでエレインを奪還してくれるとは」

「単身というわけではありません」

人払いのされた私室で、感激しきりの国王に抱きしめられても、ラーシュは苦い表情のままだった。

「俺の他にも、情報をやりとりするための密偵がいたでしょう。彼らの働きがなければ、野盗に扮《ふん》して馬車を襲う作戦は成立しませんでした」

「それはそうだが、一番危険な役目を担《にな》ったのはやはりお前だ」

ルディオは繰り返しラーシュを讃えた。

「マディウスの懐に潜り込み、我が婚約者を見事に救ってくれた。なんでも望む褒美を取らせるし、いっそこの機会に正式に――」

「俺はリドアニアに戻ります」

ラーシュは、まくし立てるルディオを遮った。

「ティレナを――エレイン様の妹を、途中で見失ったままです。彼女を連れ戻さないことには、俺の任務は終わりません」

エレインとこの城に帰り着いたのは、ほんの一刻ほど前のこと。

そしてティレナとはぐれてからは、ほぼ一日が経っている。

『行って！　姉様を守って！　待ち合わせの場所、私もあとから行くから……！』

勢いに押され、彼女を置き去りにしたことを、ラーシュは胃がねじ切れるほど後悔した。

あのあとどうにか追手を振り切り、落ち合おうと決めた場所で待ったが、ティレナはいつまでたっても現れなかった。

間の悪いことに、エレインが高熱にうなされていた。もとより病弱な身に、雨の中の逃亡は負担が大きすぎたのだろう。

ルディオの妻となる彼女に、万一のことがあっては取り返しがつかない。

何よりティレナの望みは、姉を優先して守ってほしいとのことだったから。

(――必ず戻る)

ラーシュは誓い、断腸の思いでガゼットを目指した。

医者の診立《みた》てでは、エレインはあと一歩で肺炎を起こすところだったらしい。助かったのは、馬が潰れる寸前までラーシュが急いだせいだ。

かろうじて意識のあったエレインを、ルディオは力強く抱きしめた。もう二度と離さないと繰り返し、彼女も涙ながらにそれに応《こた》えた。

かくなる上は、自分がここに留まる理由はない。

「失礼します」

退室しようとすると、「待て」と慌てた声がかかった。

「マディウスは今、例の砦にいるのだろう？　次の作戦を決行する絶好の機会だ。計画の立案者として、お前にはそちらの部隊に加わってもらいたい」

「お断りします」

わずかの躊躇もなくラーシュは答えた。

「ティレナは追手に捕まって、マディウスのもとに連れ戻されているかもしれない。こうしている今だって……」

最悪の可能性が頭をよぎり、言葉が途切れる。

今にも駆け出していこうとするラーシュを、ルディオは意外そうに見つめた。

「お前がそこまで焦るとは珍しい。ティレナの捜索は別の者に任せるのでは駄目なのか」

「ありえません」

「しかし、リドアニアの支配を脱するには今しか……エレインを奪われたマディウスが、激昂して再び攻め込んでくることも……」

ルディオが黙考《もっこう》する間、ラーシュは汗ばむ掌を握り込んだ。

いつの間にか、ティレナの存在がこんなにも大きくなっていた。

彼女に特別な気持ちを抱《いだ》いたのはいつからか――工房に訪ねてくるようになったときか、刑場で偶然の再会を果たしたときか、あるいはもっと遡ってリラ祭りの夜からだろうか。

あの日の出来事は、自分でも不思議なほどよく覚えている。

不埒《ふらち》な男に悪戯《いたずら》されていたところに、ラーシュはたまたま行き合って、男の股間を蹴り上げたのだ。

『ありがとう……助けてくれて』

当時は名前も知らなかった少女は、声を震わせてそう言った。

身に着けた衣服から、上流階級の子供なのだということはひと目でわかった。

ラーシュ自身はいつでも周囲に溶け込めるよう、あえて粗末な服を着ていたが、彼女はそんな知恵も回らないくらいの温室育ちのようだった。

親とはぐれたのかと尋ねれば、一人で来たと答える。

しかも道に迷って、帰る方向がわからないと言う。

『……だから知りたかったのよ、世間を』

世間知らずを指摘したラーシュに、彼女はぼそぼそと言った。

『夜のお祭りを見て、シャカイベンキョウをしたかったの。家からでも見られるけど、頭上であがる花火はすごく大きくて綺麗だって言うし』

こうなったら乗りかかった船だった。ここで彼女を放り出し、また妙な男の餌食《えじき》になってては後味が悪い。

ラーシュは少女の手を引いて、教会の鐘楼へと連れていった。

自分にとって特別な隠れ家であるそこに、他人を招き入れたのは初めてだった。

『もうすぐ時間だ。ここからなら花火もよく見える』

少女が外に向けて身を乗り出すと、ほどなく打ち上げが始まった。

前の年も一昨年《おととし》も、ラーシュはここで花火を見た。

三年目ともなると、最初のときのような感動はないだろうと思っていた。それは半分当たり、半分外れた。

視線を奪われたのは花火よりも、少女の新鮮な反応だ。

『――……っ！』

夜空に咲いた花に、息を呑む可憐な横顔。

赤や金の光に照らされて上気する頬や、瞬《まじろ》ぎもしない翠玉めいた瞳から、ラーシュは目が離せなかった。

やがて、その眦《まなじり》からふいに涙が零れる。

目にごみでも入ったのか、あるいは何か悲しいことでも思い出したのか。

『おい、どうした？』

焦って声をかけると、少女は首を傾げた。

『え、わかんない……綺麗だから……？』

綺麗なものを見て泣くなんて、ラーシュにはまったく理解できない。

そもそも女という存在は不可解だ。

鍛冶屋に出入りするようになったラーシュは、同世代の少女たちからすぐに目をつけられた。お手製の菓子や恋文をもらうこともあったが、どう応《こた》えていいのかわからずに放置していた。

男友達には羨ましがられたが、今の自分は鍛冶の修業のほうが大切だから、女の相手など面倒だとしか思えなかった。

なのにこの少女のことは、放っておく気になれない。

理由がどうあれ、泣き顔を見ていると胸がざわざわして落ち着かない。

(出会いが出会いだし……こいつが危なっかしすぎるせいだ)

自分に言い訳し、ハンカチを取り出そうとポケットを探った。そのついでに、床に硬いものがかつんと落ちる音がした。

義母に渡すつもりだったペンダントだ。

急いで拾い上げたが、少女は好奇心も露《あらわ》に覗き込んできた。

『素敵。これ、リラの花?』

『……そう見えるか?』

『うん。それも幸運の花ね』

通常四枚しかないリラの花弁を、幸運をもたらすという五枚弁に変えて作ったから、違う花に見えるのではないかと心配だった。

それを、この少女はひと目でわかってくれた。

『誰かにあげるの?』

ほっとした矢先に尋ねられ、屋敷での出来事を思い出して胸が曇る。

自分が何を贈ったところで、弟の描いた絵以上に義母を喜ばせられることはないのだ。

『いや……これはもう、捨てるつもりだった』

『なんで？』

『……あんたが欲しいならやる』

説明する気にもなれず、ラーシュは投げやりに言った。

『リラの花には魔除けの効果があるから、護符代わりになるらしいぞ』

『いいの？』

呆気にとられていた少女が、遠慮がちに掌を差し出した。

不用品を処分するだけなのに、そんなふうに畏《かしこ》まられてもと、ラーシュのほうが気まずくなった。

ペンダントを手渡した瞬間、少女はびくっと身を震わせた。

『どうした？』

『な……なんでもない』

否定するが、少女の様子は明らかにおかしかった。

さっきまでそんなことはなかったのに、声が裏返って視線が定まらない。

それでもペンダントを首にかけ、胸の上から押さえて言った。

『これ、ありがとう。お守りにして大事にするね』

小さな手が、本当に大切そうにリラの花に触れていた。

贈りたかった相手には渡せなかった、ごみ同然の装身具。

そんなものを押しつけてしまったことを、ラーシュはすでに後悔していた。

ペンダントでも腕輪でも、彼女のために一から作り直したい気になって、そんな自分に戸惑った。

(別のものを作ってやるからまた会おう——なんて言ったら、気味悪がられるよな)

女は面倒だと嘯《うそぶ》いていた自分が、そんな軟派なことを口にするのもどうかと思うし、妙な警戒心を抱《いだ》かれたくもない。

——きっと、縁があればまた会える。

思い直したラーシュは、花火が終わったのちに少女を送っていった。

『ここまで来たら帰り道はわかるから。今夜は本当にありがとう』

少女の名前も訊かなかったことに気づいたのは、遠ざかる背中を見送ったあとだった。

それからもたびたび彼女のことを思い出したが、縁があれば会えるはずだと繰り返して日々を過ごしていた。

(まさかあれから八年も経って、再会するなりひっぱたかれるとは思ってもいなかったが——……)

そこまでを思い返したところで、ルディオの声がした。

「――二日だ。それ以上はさすがに待てない」

一拍置いて理解し、ラーシュは頷いた。

それが自分に与えられたぎりぎりの猶予《ゆうよ》。

二日のうちにティレナが見つかってもそうでなくても、例の「作戦」は決行されるということだ。

「エレインの妹である以上、ティレナは私の身内でもある。きっと無事に連れ戻してくれ」

「当然です。ですからさっさと行かせてください」

思わず睨みつけると、ルディオは啞然とし、それから小さく笑った。

「ユ、ユークラーシュ……お前」

「その名で呼ばれるのは好きではありません」

「いや、誰に言い寄られても靡《なび》かなかったお前が、女のために熱くなるのが珍しくてな。

ティレナのことを、お前はそこまで……」

「いくらあなたにでも答えたくないです」

ぶっきらぼうに言ったのち、内心で付け加える。

（――本人にもまだ告げていないのに）

◆　◆　◆

「二年前の地震で、あそこは地割れができてよう」

石造りの暖炉に薪《たきぎ》を投げ入れながら、老人が喋っている。

年齢こそ重ねているが、こちらに向けた背中はがっしりと厚く、熊の毛皮を接《は》いだ胴衣に覆われていた。

気を失っていたので定かではないが、ティレナは彼の背に負われて、この山小屋まで運ばれてきたらしい。

丸太を組んだ壁は泥で隙間が塞がれ、剝き出しの梁《はり》からはランタンが吊り下げられていた。厨《くりや》とひとつになった居間の他には、奥に寝室があるだけの簡素な小屋だ。

「ときどき、追われた鹿だの狐だのも落っこちるんだが、まさかあんたみたいな若い娘が……落ち葉が積もっとって、よかったよかった。あとはこいつの鼻のおかげだわな」

老人の傍らに座った赤茶の猟犬が、わんっ！　と吠えた。

この犬が匂いを嗅《か》ぎつけてくれたから、ティレナは命拾いした。逃亡劇から一夜明け、この山で暮らす猟師の老人に見つけてもらうことができたのだ。

雨に打たれて衰弱していたティレナは、その後も昏々《こんこん》と眠り続けた。

やっと意識がはっきりしたのが、丸一日経った今朝のこと。

麦粥《むぎがゆ》を食べさせてもらい、老人から状況を説明されて、やっと人心地ついたところだ。

「本当にお世話になりました。怪我まで手当てしてくださって……」

「いいから、これも飲んで。あったまるから」

熱いお茶を差し出してくれるのは、猟師の妻だという老女だった。

小柄でちょこまかとした動きが愛らしく、端切れを継ぎ合わせたキルト地のスカートがよく似合っている。

ティレナのドレスはぼろぼろだったので、彼女が若い頃に着ていたという生成《きな》り地のワンピースを借りていた。

「いただきます」

素焼きの器に入ったお茶は、ほのかに甘酸っぱい風味がした。

胸を過ぎてお腹に落ちていく熱に、心も体もふわりと解《ほど》ける。

「……美味しい……」

「茶葉と一緒に、干した木苺《きいちご》が入ってるんだよ。秋になると、このへんは茸でもなんでもたくさん採れるから」

猟師の妻はそう言って、ティレナの肩をさすった。

「あっちこっち痣になってかわいそうにねぇ。せっかくこんな別嬪《べっぴん》さんなのにねぇ」

「いえ。これくらいですんで、我ながら悪運が強いなと思います」

地割れの底に朽葉《くちば》が積もっていなかったら、頭を強打して死んでいたかもしれない。あそこで追手に気づかれなかったのも、親切な老夫婦に助けてもらえたのも、ありえないほどの幸運だった。

心配なのは、エレインとラーシュが無事に逃げ切れたかどうかだ。

自分のことなど気にしないで、ガゼットに辿り着いていればいいのだけれど——。

「それであんた、行くところはあるのかい？」

物思いに耽《ふけ》るティレナに、老人が尋ねた。

「あんたさえよければ送っていくぞ。今の時期は、冬眠前の熊が出ることもあって危ないからな」

「お爺さんってば、忙《せわ》しない。怪我が治るまでゆっくりしてもらえばいいじゃないの」

「もちろん、どれだけいてもらっても構わんさ。けど、なんだか気にかかることがあるように見えたから」

弁解する老人もその妻も、とても優しい。ティレナの素性や事情を詮索せずに、必要な手助けだけをしてくれる。

「お二人とも、ありがとうございます」

これ以上甘えるわけにはいかないと、ティレナは頭を下げた。

「あいにく、今は何も持っていないんですけど……また必ず、改めてお礼にうかがいます」

「まさかもう出て行くのかい？」

「お礼なんていいよ。それより、もう少しここに……」

ドンドンドン！　と扉が叩かれ、ティレナは身を固くした。

いつまでもやまない乱暴な音に、老夫婦が「なんだ？」と顔を見合わせる。

「おい、開けろ！　そこに若い娘がいるだろう！」

「小屋の外に娘の服が干してあった！　我々はマディウス陛下に仕える者だ！　そいつを匿《かくま》うとろくな目に遭わんぞ！」

猟師の妻が「あっ」と叫び、おろおろとティレナを見た。

「ごめん……ドレスが汚れてたから、洗って干してあげようと思って……」

「いいんです」

ティレナは首を横に振った。

執念深いマディウスが、自分を謀《たばか》った者たちをやすやすと見逃すわけがない。遅かれ早かれ、兵士たちはここを突き止めただろう。

「あんた、あのおっかない王様から逃げてきたのか？」

「駄目だよ、戻ったらひどい目に遭うんだろう!?」

夫婦が口々に言った。マディウスの悪評はこんな場所にまで届いているようだ。

ここまでよくしてくれた彼らを、巻き込むことはしたくない。

「私は行きます。ご迷惑をおかけしました」

言ったと同時に、扉が蹴り破られた。

何人もの兵士が押し入ってきて、ティレナを庇おうとする夫婦を床にねじ伏せた。

「やめて、私は逃げないわ！」

老人が腹を蹴り上げられる光景に、ティレナは叫んだ。

「マディウスのところにでも、どこにでも連れていきなさい！　だから、この人たちには手を出さないで！」

「いい度胸だ」

兵士の一人がティレナの手首を摑み、小屋から連れ出した。

悔しそうな夫婦を振り返り、ティレナは安心させるように笑ってみせた。

たとえこの先、マディウスに殺されてしまったとしても。

敵国であるリドアニアにも、こんなふうに優しい人たちがいたことを、決して忘れないでいようと思った。

◆　◆　◆

　バルダハル山頂に建てられた砦は、古めかしい石造りの城だった。

　温泉があると聞いていたとおり、近づくうちに硫黄《いおう》の独特な匂いが鼻をついた。

　敷地内の中庭に湯が湧いて――というより、もともと湧き出ていた温泉を取り囲む形で、砦を建造したようだ。

　ティレナが連行されたのは、上階に位置する続き間の、奥まった寝室だった。

　まだ日は落ちていないが、緞子織《どんすおり》のカーテンで閉ざされた部屋は、この先の出来事を示唆するかのように薄暗かった。

　ティレナは寝台の上でもがき、徒労と知って唇を噛んだ。

（駄目……ちっとも緩まない）

　今の姿勢は仰向けで、支柱から伸びる縄に手首をくくりつけられた状態だ。

　この格好は否が応でも、例の地下室に初めて連行された夜を思い出させる。

　あのときの凌辱者はラーシュだった。

　どうしてこんなことをされるのかと怯えたが、今思えばティレナの体を傷つけないよう、ちゃんと手順を踏んでくれていた。

　けれど目の前の男には、そんな温情を期待できるわけがない。

「……よくも儂を欺《あざむ》いてくれたものだな」

目を血走らせたマディウスが、腰の上で馬乗りになっている。

ティレナだけは捕らえたものの、残り二人に逃げられた憤懣《ふんまん》が治まらないのか、ふうっ、ふうっ、と鞴《ふいご》のような息を洩らしていた。

「ラーシュが密偵だったということは、もとから通じていたのだろう？　あの男のものを、とっくにここで味わっていたのか？　あぁ!?」

「っ……！」

スカートをめくられ、下着の中に強引に手を入れられた。

芋虫めいた太い指がぐにぐに動き、濡れてもいない秘口《ひこう》を蹂躙しようとする。

「ちが……ラーシュとは、そんな関係じゃ……」

膣の引き攣れる痛みに呻き、ティレナは頭《かぶり》を振った。

通じていたというのが、体の関係があるということならば、それは見当違いだ。

口づけは一度だけされたが、あれもどういう意味だったのかわからない。ラーシュと再会できれば確かめたいが、もうそんな機会はないのかもしれない。

ティレナの顔のそばには、抜き身の長剣が刺さっていた。

部屋に入ってくるなり、マディウスが怒りに任せて寝台に突き立てたのだ。

『この儂を侮《あなど》った罰として、お前をさんざんに犯してから殺してやる』

マディウスはそう宣言し、護衛兵たちを控えの間に下がらせた。

この状態のティレナに何ができるわけもないし、いかなマディウスでも己の行為を他人に見せつける趣味はないようだ。

「何故濡れない？　穴は穴の役目を果たせ」

強張《こわば》るばかりの蜜洞《みつほら》をぐちぐちと掻き回し、マディウスが舌打ちした。

「ラーシュの前では、あれほど淫乱だったくせに。ここに咥えるものが欲しいと、上の口でも下の口でも涎《よだれ》を垂らしていただろうが」

「いっ……！」

声をあげたのは、マディウスの爪が粘膜を乱暴に引っ掻いたせいだ。

指を抜いた彼は、そこについた鮮血を眺めてせせら笑った。

「この際、濡れるのならなんでも構わん。今すぐぶち込んでやるからしっかり締めろよ」

「やめて……！」

下着を完全に下ろされ、両膝を押し開かれる。

蜜口を晒されながら、ティレナはいっそここで殺してほしいと思った。

人を人とも思わない悪魔に純潔を散らされるくらいなら、せめて綺麗な体のままで死にたい――いや。

（どうせなら、マディウスの舌でもあそこでも噛み千切ってから死んでやるわ）

機会があれば逃すまいと覚悟を決め、マディウスが覆いかぶさってくるのを待ち受ける。

が、予想していた瞬間はいっこうに訪れない。

不思議に思ってマディウスを見れば、脚衣を脱いだ彼は奇妙な行為をしていた。己の股間に手を添えて、しこしこと上下に動かしている。

ティレナはしばし考え、理解した。

まだ準備の整っていない雄のものを、使い物になるようにしているのだ。ラーシュの場合は何もせずとも猛々しかったから、男性のその部分が普段から大きいわけではないことを忘れていた。

とはいえ、マディウスのそこはさすがに小さすぎるのではないだろうか。

さきほど彼の指を芋虫のようだと思ったが、股間についたものもさして変わらない。ぶよぶよとした肉色で、親指大だ。

腹の脂肪に埋もれたそれを、マディウスは懸命に擦り続けたが、膨張する気配はない。

真っ赤になった顔に苛立ちが広がり、それは徐々に絶望に変わった。

「くそっ……！」

マディウスが天に向けて吼《ほ》え、頭を掻きむしった。

「何故できない！　どうして儂が、儂だけが！　何をするにも、この体が儂を裏切る……くそ、くそっ、くそぉっ——！」

「それはお前の病《やまい》のせいだな」

ティレナははっと視線を転じた。

開かれた窓から風が吹き込み、カーテンが大きく翻る。

暮れなずむ空を背景に、窓枠を乗り越えて室内に降り立った人影は。

「──ラーシュ！」

言葉にならない感情が、嵐のように吹き荒れた。

おそらく外壁を伝い、ここまでよじ登ってきたのだろう。自分のために戻ってきてくれたのかと胸を打たれる反面、一抹の不安も湧いた。

「姉様は？」

「無事だ。ガゼットで陛下のそばにいる」

それを聞いて一気に安堵した。

衣服を整えることも忘れたマディウスが、控えの間に向かって叫んだ。

「来い！　侵入者だ、曲者《くせもの》だっ！」

飛び込んできた兵士たちが、あられもない格好のマディウスに面食らって立ちすくむ。

そのわずかな隙でラーシュには充分だった。

一気にマディウスとの距離を詰め、床に引きずり倒して背中を踏みつけると、寝台に刺さった剣を抜く。

「動くな」

マディウスの項《うなじ》に剣先を向けると、兵士たちは凍りついたように動きを止めた。

横になったティレナの位置からは、ラーシュの背中しか見えず、その表情は窺えない。

ただ、この格好の自分を見た瞬間から、彼が尋常でない怒気を纏っているのはわかった。

「や……やめろ、ラーシュ、なぁ」

マディウスが弱々しく呼びかけた。

「お前が欲しいなら、その小娘はくれてやる。ガゼット側にいくらで雇われているのか知らんが、倍の報酬を約束するから、今度こそ本当に儂の下につけ」

この期《ご》に及んで金銭で懐柔しようとする浅はかさに、ティレナは呆れを通り越して哀れになった。

（この人は本当に、人の心がわからないのね……）

砦全体に激震が走ったのは、そのときだ。

「っ、なんだ!?」

「うわあぁあっ！」

大地の底から突き上がる衝撃に、兵士たちが頭を抱えてしゃがみ込む。

床が傾き、天井が不穏に軋んで、石礫《いしつぶて》が雹《ひょう》のように降ってきた。

う思ったが。

（地震——……!?）

猟師の家で、地震による地割れができたという話を聞いていたティレナは、とっさにそ

「この砦はもうじき崩れる」

慌てふためく兵士たちに、ラーシュは告げた。

「ひと月前から、ガゼット軍が地下に坑道を掘っていた。今のは、地面に埋められた支柱を爆破した音だ。生き埋めになりたくなければさっさと逃げろ」

事態を理解するまでのわずかな間があり、兵士たちは我先にと逃げ出した。

「おい、戻れ！　行くな！　儂を置いていくのか!?　許さんぞ……！」

忠義も人望も金では買えない。

我が身を挺《てい》してまで、マディウスを助けたいと思う者は誰もいない。

こうしている今も、崩落は始まりつつある。どこかの壁が崩れたのか、階下から轟音《ごうおん》と悲鳴が聞こえた。

「同情されたいか？」

取り残されたマディウスに、ラーシュは静かな声で囁いた。

「病のせいで女を抱けない。——自分が一人前の男だと証明できない」

「……っ」

図星をつかれ、マディウスが呻いた。

「お前が人を苦しめて悦《よろこ》ぶのは、その代償行為だ。役に立たない腰のものの代わりに武器を集めて、女を貫く代わりに罪もない人間を殺してきたんだろう」

（ああ……だから、マディウスは姉様を……）

ティレナはようやく理解した。

マディウスはエレインを抱かなかったのではなく、抱けなかったのだ。

ティレナをラーシュに凌辱させたのも、同じ理由だ。いずれは自分が処女を奪うと言っておきながら、それが叶わないことをラーシュはきっと知っていた。

肉体の快楽を得られない分、マディウスの性癖はねじれて歪み、泣き叫ぶ女の姿を見ることでしか満たされないようになっていく。

劣等感を苗床に育った悪意は、ひたすらに他者へと向けられた。

恐怖政治で民を踏みにじるのみならず、ついには隣国をも侵略した。

（そんなことのためにガゼットの平和が脅かされて、大勢の人が殺されたなんて――……）

悔しさと憤《いきどお》りで息もできない。

様々な苦境に立たされてもまっとうに生きている人々が大半なのに、徒《いたずら》に人の命を奪い、憎しみの種を撒き散らしたマディウスを許せない。

「待て！　儂を見逃せば、いくらでも払う！　なんなら貴族の位も与えてやるぞ！」

「あいにくそれは間に合ってる」

掲げた剣を、ラーシュは無造作に振り下ろした。

なんの気負いもなければ迷いもない動きだった。

身じろぎできないティレナの視界の外ですべては起こり、止める間もなく終わった。

一度目で蛙の潰れたような声がして、二度目で硬い骨が砕かれて、三度目で重いものが濡れた床を転がる音がした。

「……なまくらだな。俺の打った剣なら、ここまで刃こぼれしない」

ラーシュは独りごち、役目の終わった剣を放り出した。

血臭が立ち込める中、ティレナは恐る恐る呼びかけた。

「……ラーシュ……」

「行くか」

振り返った彼は、ごく普通の顔をしていた。

ティレナを拘束する縄を素早く解き、その体を横抱きにする。

息絶えたマディウスのそばを通り過ぎるとき、

「見なくていい」

と言われ、ティレナはぎゅっと目を閉じた。

廊下を走るラーシュに抱かれて運ばれる間に、二度目の爆破が起こった。

窓枠がひしゃげてガラスが砕け、壁も床も天井もいよいよ激しく揺れ出した。

「これ、大丈夫なの!?」

「俺たちが中にいるとは知らないんだろうが……遠慮がないな」

攻撃をしているのはガゼット軍だが、ラーシュは単独で乗り込んできたため、連携が取れているわけではないらしい。

このままでは自分たちも生き埋めになりかねない。壁の漆喰がめりめり剝がれ、天井を支える柱に亀裂が走った。

「危ない……！」

叫ぶティレナを抱え、倒れてくる柱の下を、ラーシュは間一髪ですり抜けた。

天井がみしみしと鳴って、今にも落ちてきそうに撓《たわ》んだ。

二人して押し潰される未来が見えたとき、ラーシュの回し蹴りが、ひびの入った窓を完全に砕いた。降りかかるガラスの破片から、彼はティレナを抱え込んで守ろうとする。

「しがみついてろ」

言うなり、床を蹴ってラーシュは跳《と》んだ。

腰までの高さがある窓枠を乗り越え、ティレナとともに宙に身を躍《おど》らせた。

「っ……――！」

内臓がひゅうと浮き上がる落下感に、悲鳴も凍る。

もはやこれまでと、ティレナは薄らぐ意識の中で覚悟した。

地面に墜落する寸前、鼻をつく異臭を嗅いだ気がして、それきり何もわからなくなった。

7　密偵の正体

目覚めたときそばにいたのは、泣き出す寸前のエレインだった。

「ティレナ！　起きたの!?」

「……姉様……？」

昏睡《こんすい》から抜けきらず、ティレナはゆっくりと瞬きした。

浮き彫り加工の施された壁紙に、窓の左右に寄せられた青磁色のカーテン。横たわった寝台をはじめとする、高級感のある調度品。

綺麗で立派な部屋だが、知らない場所だ。ティレナが着せられているのも、見覚えのない絹の寝間着だった。

「ここは……？」

「ガゼットの王城よ。私たち帰ってこられたの。ティレナったら、三日も眠りっぱなしだったから心配で心配で……」

安堵に泣き咽《むせ》び、しまいには咳き込み始めたエレインの背中をさするために、ティレナは慌てて身を起こさなければならなかった。

それから一刻ほどは、何かと慌ただしかった。

医者に触診と問診をされ、逃走中に負った傷以外に異常がないことを確かめられた。

空っぽの胃に優しい食事が運ばれ、それを食べ終えてエレインと再び二人きりになる頃には、気を失う寸前のこともさすがに思い出していた。

崩れ落ちる砦から脱出しようと、ティレナを抱いて窓から飛び降りたラーシュ。

あれから何がどうなって、自分はガゼットにいるのだろう。

「ねぇ……それで、ラーシュは無事?」

「無事よ。あなたをここまで連れ帰ってくれたのは彼だもの」

一番に気になることを尋ね、返ってきた答えにほっとした。

「ラーシュがルディオ様に報告する場には、私もいたの。ティレナを助けるために、彼は一生懸命だったのよ」

エレイン曰《いわ》く、捕虜のふりをしてリドアニアに潜入したラーシュには、ふたつの任務が課せられていたという。

ひとつは機を窺って、エレインとティレナを母国に連れ戻すこと。

もうひとつは、冬になるとマディウスが向かう療養先の特定だ。

武器の蒐集家であるマディウスに近づくには、鍛冶師としての技術が役に立つ。目論見《もくろみ》どおりにマディウスはラーシュを重用し、何かとそばに呼びつけた。

その中で得た情報を、ラーシュはひそかに母国に流した。

マディウスの滞在先がわかったときから、ガゼット軍は砦の地下に坑道を掘り進め、大量の火薬で支柱を爆破させる作戦に備えていた。これもラーシュの発案で、マディウスもろとも瓦礫《がれき》で生き埋めにしてしまう計画だ。

姉妹の奪還が成ったのち、作戦は即座に決行される予定だった。

誤算だったのは、馬に乗って逃亡する際、ティレナとはぐれてしまったことだ。

坑道戦の部隊に加われという命令を拒み、リドアニアに戻ったラーシュは、単独でティレナの行方を追った。

猟師の山小屋に行きつき、栗毛で翠の目をした娘を知らないかと尋ねると、ついさきほど兵士に連れていかれたと言われた。

それを聞いたラーシュは、逸《はや》る心で砦に向かった。

日暮れ時だったのを幸いに、薄闇にまぎれて壁を伝い、マディウスの寝室に乗り込んだ。そのあとはティレナが直に見聞きしたとおりだ。

時を同じくし、ラーシュたちが中にいるとは知らないガゼット軍により、作戦決行の火《ひ》蓋《ぶた》が切って落とされたというわけだ。

「ティレナたちが落ちたのは、中庭にある温泉だったの」

「温泉？」

エレインの言葉に、ティレナは目を丸くした。

「リドアニア側にも、マディウスに反発して情報を流してくれる協力者がいたらしいの。ラーシュは事前に砦の図面を手に入れていて、万一のときはそこに飛び込むつもりでいたみたい」

ラーシュが退路としてあの通路を選んだのは、偶然ではなかったわけだ。どこまでも用意周到な彼に、ティレナは思わず唸《うな》った。

落下の最中に気絶したものの、深さのある温泉に落ちたティレナは、大きな怪我も負わずにすんだ。

その後、地中から礎《いしずえ》を爆破された砦は四半刻もたずに崩壊した。

瓦礫の下から掘り出されたマディウスの遺体は、激しく損傷した上に、首と胴体がふたつに分かれていたという。

その首を掲げ、王都にまで侵攻したガゼット軍に、リドアニアの重鎮たちはすぐさま降伏の意思を示した。

マディウスの独裁国家であり、様々なひずみだらけのリドアニアは、主君さえ討ち取ってしまえばたちまち瓦解《がかい》する。

良識ある貴族や王家の縁戚はすでにガゼットに亡命し、マディウスが討たれたあとのリドアニアを、ルディオの統治下で支えていくという密約も交わされていた。

「だったらもう、国同士で争うことはないの？」

「そう。一応、リドアニアはガゼットの属国になるけど、これまでの賠償金さえ回収できれば、ルディオ様も必要以上の干渉をする気はないみたい」

それを聞いて、ティレナは胸を撫で下ろした。

リドアニアの民にも、あの猟師夫妻のように善良な人たちがいる。むしろ、そういった人々が大半なのだ。

さらにルディオは、当面はリドアニアの中枢を立て直すことを第一として、賠償金の返済期限に十年間の猶予を設けたらしい。

「甘すぎるって意見もあるみたいだけど、私はそんなルディオ様が誇らしいの」

噛みしめるようにエレインは言った。

「私のことも……こんな体になったのに、予定どおりに結婚しようっておっしゃってくれて。長い間、つらい目に遭わせてすまなかったって」

「本当？」

それは姉にとって、何よりの喜びであるはずだ。

エレインは頷き、そっと打ち明けた。

「私ね。お医者様の診察を受けたの」

自分の体は、いまだ処女《おとめ》のままであること。

万一にもマディウスの子を孕んではいないことを、女官の立ち会いのもと、医者に証明してもらったのだという。

「そんなこと……姉様は平気だったの？」

「もちろん恥ずかしかったわよ」

エレインは苦笑した。

「ルディオ様は、そこまでしなくていいとおっしゃったけど。周りに疑いの目で見られて、あの方が肩身の狭い思いをなさるのは嫌だったから。それでも変な噂をする人はいるかもしれないけど、もういいの。ルディオ様が信じてくださる限り、私は胸を張ってあの方の隣に立つわ」

きっぱりと言い切るエレインは、以前よりもずいぶんと強くなったようだった。

それにルディオは、彼女が純潔でなかったとしても、きっと妻に迎えたはずだ。

それしきのことでは揺らがないくらい、確かな愛情を育《はぐく》んできた二人を、ティレナはずっとそばで見てきた。

「よかった、姉様……私も嬉しい」

純粋に祝福する気持ちの裏で、ちらりと「いいな」と思った。

愛し愛される喜びに頬を染めるエレインが、本当に綺麗で、幸せそうで――羨ましいと思ってしまった。

「ありがとう。だから、次はティレナの番ね」

「え？」

エレインは悪戯っぽく瞳をきらめかせた。

「一番に話したいことは、この先なの。ルディオ様からびっくりすることを聞いて……」

そのとき、扉が外から叩かれる音がした。話を中断されたエレインが、「どなた？」と振り返る。

「俺です」

聞こえた声にティレナはうろたえた。

（ラーシュ――!?）

「あら、どうぞ。ちょうどティレナも起きたところよ」

あたふたするティレナをよそに、エレインが勝手に招き入れてしまう。何故だか、その声が楽しげに弾んでいる気がする。

（なんで姉様、そんなに気安く……しかも私、寝間着だし……！）

もっとあられもない格好だって見られているのに、あの地下室の外でだと、恥ずかしくなるのはどういうわけか。

掛け布を首まで引き上げて縮こまっていると、ラーシュが入ってきた。

見慣れないその格好に、ティレナは目を瞬《しばたた》いた。

（……なんだか、感じが違う？）

今日の彼は、いつもの簡素なシャツ姿ではなかった。

張りのある濃紺の上着に、共布《ともぬの》で仕立てられたウエストコート。中心に折り目のついた脚衣に、艶のある革の長靴《ブーツ》を合わせ、襟元にはタイまで結ばれている。

妙に垢抜けて畏《かしこ》まった格好なのは、ここがガゼットの王城内だからだろうか。

雰囲気が明らかに変わっているが、おかしいどころか、似合いすぎるほど似合っている。

端的に言えば格好良すぎて、ティレナは正視できずに視線を泳がせた。

「陛下からの伝言をお伝えします」

ラーシュはエレインにそう告げた。

「『温室で午後のお茶を一緒にどうか』とのことです」

「今はいろいろな会議があって、お忙しいはずなのに？」

「だからこそです。『忙しすぎて神経がまいってしまうから、我が麗しの女神にひと時なりとも癒《い》やされたい』と」

ルディオの言葉そのままを伝えたのだろうが、砂を吐きそうなラーシュの表情に、エレインは可愛らしく吹き出した。

「わかりました。私でお役に立てるなら、すぐに行きます。――けど、ラーシュ。まさかそれを伝えるためだけに来たわけじゃないでしょう？」

「……ええ、まぁ」

「ならごゆっくり。よく考えたら、私よりもあなたの口から話したほうがいいものね」

「ちょっと、姉様!?」

意味深に微笑んだエレインが部屋を出て行き、ティレナは余計に慌てた。

いきなり二人きりにされたところで、どうすればいいのかわからない。

エレインが座っていた椅子に腰を下ろし、ラーシュはようやくティレナと目を合わせた。

「気がついたか」

「……うん」

「どこか痛んだりはしないか？」

「……大丈夫」

「そうか」

ぎこちないやりとりを交わし、部屋に沈黙が落ちた。

上目遣いで彼を窺ったティレナは、自分のことは棚にあげて考えた。

（……もしかして、ラーシュも緊張してる？）

もともと饒舌《じょうぜつ》とは言えないラーシュだが、今日はいつも以上に無口だった。何か話があって来たらしいのに、どう切り出すべきか決めあぐねているようだ。

「その――」

「えっと――」

同時に口を開き、二人はまた黙った。どちらから話すかを目線で譲り合い、なんとなくティレナのほうからということになる。

「あのね……正直、うろ覚えなんだけど……」

考え考え、ティレナは話した。

目覚めてしばらくしたのち、記憶の底からぽかりと浮かぶように、思い出したことがあったのだ。

「私、ラーシュと一緒に温泉に落ちたでしょ？　その瞬間は気絶してたけど、そのあと、夢うつつみたいな時間があって。誰かが――多分、ガゼットの兵士だと思うんだけど――叫ぶ声を聞いた気がして」

「何をだ」

「『ユークラーシュ殿下、ご無事ですか!?』――って」

息を呑むラーシュに、ティレナは思い切って尋ねた。

「それがラーシュの本当の名前なの？　……あなたは、誰なの？」

彼がルディオの密偵だとわかったときから、幾度となく考えた。

本当のラーシュは何者なのか。

武器を作る技術は確かだが、馬を駆りつつ、降りかかる矢を見事に弾いた剣捌《さば》きを見れば、ただの鍛冶師とは思えない。

「子供の頃、養子に出されたって言ってたわよね。その前の家族については、お兄さんが三人いて、お母様が亡くなっていて……お父様は忙しい人だったって」

そんな境遇にある人物を、ティレナは思い描くことができた。

存在すら知らなかったけれど、あるいはもしかして——と。

「多分、あんたの考えてるとおりだ」

ここまで来たら誤魔化すつもりもないのか、ラーシュは言った。

「俺の本名はユークラーシュ。ヴァルデ公爵家に養子にやられた、陛下の末の弟だ」

(ルディオ様の、弟——？)

予想はしていても、本人の口から聞くと、やはり驚かずにはいられなかった。

ガゼットの国王ルディオには、二人の弟がいる。まだ若い彼が国を治められるのは、優秀な王弟の支えによるものだというのがもっぱらの噂だ。

兄弟の母親はすでに亡くなり、三年前に身罷《みまか》った前《さき》の王は、ガゼットで最も多忙な人物だったと言っても過言ではない。

つまりラーシュは、元はこの国の第四王子だったということだ。

今はヴァルデ公爵家の嫡男《ちゃくなん》だということを考慮しても、侯爵令嬢であるティレナよりも身分は上だ。

「別に秘密でもなんでもない」

言葉を失っていると、ラーシュは言った。

「養子に出された経緯は公式な記録にも残っているし、この城にいた頃の俺を覚えている人間もいる。事情を知らない相手に出自を話さないのは、無駄に畏まられても困るからだ。

……ちょうど今のあんたみたいに」

「でも、ラーシュは……ええと、ユークラーシュ様は……」

「やめてくれ」

つっかえつつ言い直すと、本気で困ったように顔をしかめられた。

「これまでどおりでいい。『ラーシュ』は子供の頃、屋敷を抜け出して街に降りたときの呼び名で、今じゃそっちのほうが馴染んでる」

「そういうことなら……」

戸惑いと安堵の狭間で、ティレナは頷いた。

王弟《おうてい》に気安い口をきくことへの遠慮はあるが、身分を明かした途端に偉そうにするラーシュというのも、それはそれで違和感の塊だろう。

「ラーシュはどうして、密偵なんか引き受けたの？」

一歩間違えば、命を落とす危険な任務だ。王家を出たとはいえ、情の深いルディオが実の弟にそんなことを命じたとは考えにくい。

「俺が自分から行くと言ったんだ。ルディオ兄上には、腐ってたところを救ってもらった恩があったから」

「……腐ってた？」

「あんたと会った祭りの翌年に、鍛冶屋の親方が亡くなってな」

養家にいづらかったラーシュに居場所を与えてくれた親方は、馬車の事故に巻き込まれ、呆気なくこの世を去った。

工房は別の人間に買い取られ、荒《すさ》んだラーシュは悪い友人に誘われるまま、煙草や酒の味を覚えた。女性にもてるラーシュを妬んで喧嘩《けんか》をふっかけてくる輩《やから》は、容赦なく返り討ちにもした。

そんなラーシュを見かねて手を差し伸べたのが、王太子時代のルディオだった。

『叔母上たちをあまり心配させるな。そんなに喧嘩がしたいなら、しばらくうちの騎士団に籍を置け。私の弟だということは隠して、手加減なしに揉まれてこい』

養家を離れる口実ができるならと、ラーシュはその誘いに乗った。

礼儀作法を学ぶためや人脈を広げるために、貴族の子弟が騎士団に属することは、さほど珍しくなかった。

そこでラーシュは、剣を打つだけでなく、振るうほうにも長《た》けていたことを知る。

黙々と体を鍛え、技を極めることに没頭するうち、雑念は次第に抜けていった。

やがてルディオが王位につき、リドアニアの奇襲を受ける日がやってくる。

王城に押し入ってきた敵兵を、ラーシュは一人で片っ端から屠《ほふ》ったが、被害が拡大する前にとルディオは早々に降伏を決めた。

しかしマディウスの横暴に従っていては、この国は遠からず倒れてしまう。重税に苦しむ民が飢え、弱い者たちから次々に死んでいく。

一か八か、今からでも挙兵してマディウスを討つべきだという意見と、時期尚早だという意見の間でルディオは懊悩《おうのう》した。

『民のためには、一日でも早くリドアニアの支配から逃れたい』

ルディオが本音を打ち明けられるのは、血の繋がった弟たちだけ。

中でも、政《まつりごと》に関わりのない末の弟には、取り繕わない弱音を吐けた。

『だが、あの国にはエレインとティレナがいる。大局のためには、彼女たちを見捨ててでも兵を挙げるべきなのかもしれないが……』

国王であるルディオは、私情を優先して動くことが許されない。

それを知るラーシュは自分から申し出た。

『俺がリドアニアの王城に潜入し、機を窺ってエレイン様たちを助け出します』

そんなつもりで話したのではないと、ルディオは慌てて止めた。

ラーシュは優秀な武人だが、単独で敵国に乗り込み人質を奪還するというのは、さすがに容易《たやす》いことではない。

『策がないわけではありません。マディウスは刀剣の蒐集家だと聞きますし、俺の以前の特技も役立つでしょう』

それに――と、口にこそしなかったがラーシュは思った。

この身に何かあったなら、ヴァルデ家は養父母の実子である弟が継げばいい。

ルディオが気にかけてくれなかったら、自分はあのまま世を拗《す》ねて、ろくでもない人間になっていた。鍛冶屋の親方がまっとうな道に導いてくれようとしたのに、それを無駄にするところだった。

きっと自分には、明確な目的があったほうがいい。

それが恩ある人の役に立つことならば、もっといい。

「……それでもいろいろと誤算はあった」

そこまで語り、ラーシュは肩をすくめた。

「エレイン様の妹が、まさかリラ祭りのときの娘だとは思わなかった。あんたのほうも、俺のことをすっかり忘れてたしな」

「それは……ごめんなさい」

初恋の相手に気づけなかったなんて、自分でも情けないからあまり言わないでほしい。

「まぁ、結果的にはそれでよかった」

落ち込むティレナに、ラーシュは言った。

「刑場で気づいていてたら、あんな平手打ちはできなかっただろう？　あのおかげで、俺とあんたは他人同士だとマディウスに印象づけられた。復讐のためと言い張って、凌辱役におさまることも不自然じゃなくなった」

息を吸って、重たく吐いて。

ラーシュは深く頭を下げた。

「――本当に悪かった」

沈痛な声を聞くだけで、こうして謝るために彼はここに来たのだとわかった。

「演技とはいえ、俺があんたを傷つけて怯えさせたのは事実だ。好きな男だっていたかもしれないのに、あんな無体な――」

「待って。そんな人いないから」

ラーシュがひどく思い詰めた様子なので、ティレナはつい口を挟んだ。

「……そうなのか？」

意表をつかれたように呟いたものの、それで許されるわけでもないとばかりに、ラーシュは続けた。

「あんたを守るつもりの選択だったが、それも言い訳だ。俺はただ、他の男にあんたを触れさせたくなかった。傍観しかできないにしろ、マディウスがあの空間にいるだけで腸《はらわた》が煮えそうで——全部、俺の勝手な独占欲だ」

「……独占欲？」

「それだけならともかく、実際はもっと始末が悪い」

胸に澱《よど》んだすべてを吐き出すように、ラーシュは喋った。

「俺は、あの地下室であんたに……欲情してた。裸を見て、肌に触れて、興奮を抑えられなかった。マディウスの目がなかったら、どこまでのことをしていたかわからない。実際、二人きりになったあの夜は、歯止めがきかなくなりかけた」

ラーシュに思いがけず口づけをされたときのことだ。

生まれて初めての体験に、ティレナは体の芯が蕩けるような感覚を味わった。

恥ずかしくて、むず痒くて、どうしたらいいのかわからなくて——けれど今思えば、泣きたいような喜びも同時に感じていた気がする。

あのとき、ティレナが彼の肩を押し返さなかったら。

兵士たちが戻ってくるのが、もっと遅かったなら。

（私……あのまま、ラーシュに抱かれてた……？）

想像した途端、お腹の奥がじわりと熱くなるのを感じて当惑した。

体の反応にというよりも、一線を越えていた可能性を思って、まったく嫌だと感じない自分に戸惑ったのだ。

「あんたは恨まないと言ったが、俺は自分を許せない」

ラーシュは苦々しく呟いた。

「どうしたら償えるかとずっと考えて、今この瞬間も考えてる。そんな必要もなかったのに、勢いで唇まで奪って――」

「どうして自分だけが悪いみたいに言うの？」

ティレナはもどかしくなり、ラーシュの手を摑んだ。

「あのとき私にキスしたから？　初めてのキスを奪ったから？」

「初めてだったのか？」

「そうよ」

ますますやらかしたとばかりに、ラーシュが顔を歪める。

そんな彼に向けて、ティレナは言った。

「私、嬉しかったのに」

「……え？」

「キスもだし……二人きりで話せたあとは、地下室でのことも嫌じゃなかった。マディウスがいることなんて忘れるくらい――恥ずかしかったけど――気持ちよかった」

己の耳を疑うように、ラーシュが瞠目《どうもく》する。

今を逃せば二度と伝えられない気がして、勢いのままにティレナは告げた。

「私を守るためにしたことなら、謝らないで。独占欲だって言うんなら、償う必要なんてもっとない。だって、私も――私のほうも、ラーシュを独り占めしたいって思ってるから」

次の瞬間、ティレナはラーシュの胸に強く掻き抱《いだ》かれていた。

後ろ頭に添わされた手で、髪の毛をくしゃりと摑むように撫でられる。

「……今、すごく言いたい言葉があるんだが」

「な……何？」

耳元を唇がかすめ、押し殺すような声に囁かれてどぎまぎした。

「焦りすぎだと言われたら否定しない。それでも、あんたの気が変わる前に返事が欲しい。

――俺の妻になってくれないか？」

「っ……妻⁉」

いきなりそうくるとは思わず、絶句した。

動揺のあまり、ティレナはしどろもどろに尋ねた。

「それは、つまり……疵物《きずもの》にした責任を取るってこと？」

「違う」

怒ったような目で睨まれた。

「兄上にもエレイン様にもそうしろと言われたが、それより前から決めていた。俺はあんたに惚れたんだ。向こう見ずなくらい度胸があって、自分よりも他人を優先する、底抜けにお人好しのあんたが」

「……ラーシュ」

ティレナは喘ぐように喉を押さえた。

彼自身の意思で結婚を望まれているのだとわかり、とても嬉しい。

とはいえ、こちらの心臓を刺し貫くような鋭い目に、別の意味でどぎまぎする。

「ありがとう……でも、ちょっと顔が怖い」

告白と求婚を同時にされているはずなのに、ラーシュの表情が硬いので、ちっとも甘い雰囲気にならない。

「緊張してるんだ。許せ」

「ラーシュでも緊張なんてするの？」

たった一人で敵陣の真ん中に乗り込むような、恐れ知らずの人なのに。

「するだろう。女に気持ちを伝えるのなんか初めてだ。そもそも、他人に奪われたくないと思うくらい、誰かに執着すること自体が初めてなんだ」

真顔で言われて面食らう。

閨《ねや》での技があれだけ巧みなことを思えば、女性経験はきっと豊富なのだろうが――『惚れた』と言わせたのは、自分が初めてだったとは。

「それは、ええと……光栄だけど」

「返事は？」

急《せ》くように訊かれ、ティレナはつい笑ってしまった。

こんなに余裕のない彼は見たことがなくて、温かな感情がふつふつと胸に満ちていく。

「私も、ラーシュのことがすごく好き。――あなたの奥さんにしてください」

「……ティレナ」

ラーシュの緊張が目に見えて緩み、違う気配を纏うのがわかった。

たくましい腕に再び抱擁され、熱情に満ちた瞳がティレナを映す。

互いに同じ気持ちだとわかった以上、二人を押し留めるものはもはや何もなかった。

「っ、……ん」

唇を重ねたのは、これが二度目。

求め合う気持ちのままに舌を絡めれば、鼻先から甘えるような息が抜けた。

「は……っ、……ぁん……」

もつれあう舌が、ふたつの口腔をちゅくちゅくと行き交う。

上顎をなぞられ、ティレナは下半身に埋《うず》み火のような熱が溜まるのを感じた。

ここにはもうマディウスはいない。

エレインも行ってしまったし、使用人も呼ばれない限り顔を出すことはない。

愛する男と二人きり、深いキスを繰り返す時間は、ねっとりと甘い蜜の底に沈んでいくかのようだった。

髪の先から指先まで、持て余すほどの熱が渦巻き、この燻《くすぶ》りをどうすればいいのかは本能だけが知っていた。

「あっ……」

啄《ついば》み合っていた唇が離れ、ティレナは声をあげた。

どうしてここでお預けなのかと切なく睨めば、「そんな目で見るな」と苦笑が返る。

「本当に体は平気なのか？」

「大丈夫だって言ったでしょ」

「引き返すなら今しかないぞ」

「そんなの知らない。……今日だけは、優しくしなくていい」

「――こいつ」

喉を上下させたラーシュが、唇がティレナの首筋に噛みついた。音がするほど強く吸い上げ、所有の証をこれでもかと刻みつける。

痛みすら感じるその行為がぞくぞくするほど嬉しくて、ティレナはラーシュの肩に顔を埋《うず》め、馴染んだ体臭を胸いっぱいに吸い込んだ。

「……はぁっ……」

ラーシュの唇が胸元へ下っていき、全身が狂おしい期待感に満たされる。

肌に甘噛みを加えながら、ラーシュの手が胸の膨らみを包んだ。小鳥が羽ばたくように心臓が高鳴っていることは、きっと伝わっているはずだ。

「んん、っ……」

撫でるとも揉むともつかない動きをする指が、乳房の頂を探り当てる。

そこはティレナ自身が見てもわかるほど、すっかり形を変えていた。

寝間着の上からこりこりと丹念に擦られるのは、気持ちいいけれどももどかしい。

指や舌で直に愛撫される快感を、そこはもうとっくに知っていた。

「や……あっ……」

もっと密接になりたくて、広い背中にぎゅっと手を回す。

ラーシュが寝台に乗り上がり、上着を脱いだ。その服が床に落ちないうちに、ティレナは肩を摑まれて押し倒されていた。

「これが邪魔なんだろう？」

確信に満ちた笑みとともに、ラーシュが寝間着の前を開いた。

袖から腕を抜かれ、ついでに下着も脱がされて、たちまち生まれたままの姿になる。

体のあちこちに残った打ち身や擦り傷に、ラーシュの表情が曇った。

「――二度とこんな傷はつけさせない」

己に誓うように呟いて、痣の浮いた二の腕に唇を押し当てる。

「んぁ……っ」

呻いたのは、痛かったからではない。

ラーシュの舌が柔らかく痣を這う、その感触にぞわぞわしたのだ。

「ぅ、んっ……や……ぁん……」

二の腕だけに留まらず、ラーシュはすべての傷にキスを落とした。

ただでさえ刺激に弱い胸や腰。体をうつ伏せにされ、肩甲骨や背骨の中心を舐められるにいたっては、愉悦に追い詰められるばかりで。

「だめ……もう、舐めちゃだめ……っ」

うずくまった姿勢で身を震わせると、ラーシュが小さく笑った。

「今のあんた、怯えた兎みたいだな」

再び体を返されて、寝台の上で仰向けになる。

全身をくまなく舐められたせいで、ティレナの肌は湯上がりのように色づいていた。

覆いかぶさってくるラーシュに抱きしめられて、また唇を吸われる。

厚い胸板の下で、ふたつの乳房がひしゃげた。硬い筋肉に擦れた先端が、それだけでじんじんと疼いた。

「ん……ぅ……、っふ……」

口内をぬるぬると掻き回され、溢れる唾液で窒息しそうだ。

いつまでもキスを続けていたい気持ちと、もっと先に進みたい欲望が拮抗し、後者のほうが勝《まさ》り始めた頃、ラーシュの唇が降りてきた。

「あぁぁっ……！」

待ち詫びていた刺激に、歓喜の声があがる。

ずきずきと痛むほどに勃《た》ち上がった乳嘴《にゅうし》を、ラーシュが口内に捉えたのだ。

窄めた唇の内で、舌が先端をねろねろと嬲《なぶ》る。出るわけもない母乳を求めるように、じゅうじゅうと吸い立てながら扱《しご》きあげる。

「んっ、ん！　……あぁあああっ！」

服の上からとは違う直接的な快感に、脚の間の和毛《にこげ》が蜜で湿った。

そこを弄《いじ》られたくて、両の膝がもじもじと擦れる。莢から剝けた花芽《はなめ》が珊瑚玉のように赤く熟れ、可愛がられるのを待っている。

（……そこも……早く触ってほしい……）

声に出したわけでもないのに、ラーシュの手が局部を覆った。

軽くあてがわれただけで、じゅんじゅんと溢れ出したものが彼の掌を汚した。

「期待しすぎだ」

からかうような声は、それでも優しい。

淫らな反応を笑うのではなく、自分のすることがティレナを感じさせているのだと、純粋に嬉しがっている声だ。

中指の腹が、秘裂をゆっくりと縦になぞる。

緩慢な仕種は飢餓感を煽るばかりで、ティレナは彼の肩にぎゅっと指を食い込ませた。

「ん……っん、うぅ……っ」

――もっと。

――もっともっと、そこをぐちゃぐちゃにして。

無言のおねだりに、ラーシュは正確に応《こた》えた。

花唇《かしん》の狭間がとろとろに溶けているのを確かめ、その潤みを纏わせるように指を這わせる。蜜口を開かれ、人差し指と中指をずぷりと押し入れられて、ティレナは息を詰めた。

「……っ……！」

「きついか？」

指の二本くらい、今までのティレナなら容易《たやす》く呑み込んでいたはずだった。

それでも毎晩のように暴かれていたときと、数日を置いた今とでは勝手が違う。

「しっかり慣らすから、力を抜いてろ」

安心させるように言って、ラーシュはティレナのそこへ顔を寄せた。

指とは異なる湿った感触が、充血した突起をぬるりと包んだ。

「あぁぁんっ……！」

鮮烈な快感に灼《や》かれ、高い声があがる。

ティレナはすがるものを求め、ラーシュの髪を摑んだ。注《そそ》がれる愉悦が強すぎて、痛いかもしれないと思う余裕もなかった。

あられもなく開かされた股間で、ぴちゃぴちゃと音が立つ。

丸々と膨れた秘玉《ひぎょく》を舌で磨くがごとく、ラーシュが執拗に舐《ねぶ》る音だ。

それだけでも気持ちがよすぎるのに、蜜洞《みつほら》に潜った二本の指がぬぽぬぽと抜き差しを始めるものだから、腰がのたうってしまう。

「いやっ……抜いて……指、抜いて……っ」

「駄目だ。解《ほぐ》しきれてない」

必死に訴えても、ラーシュは容赦しなかった。

「俺のものをここで呑み込んでもらうには、まだ足りない」

その瞬間を想像すれば、下腹部に宿った熱がいっそう温度を上げる。

（私のここに、ラーシュが……ラーシュのあれが、入ってくるの――？）

目の前に濃い靄《もや》がかかったように、視界がぼやけた。

細かな蜜襞を掻き分け、ティレナの最も感じる窪みを探り当てた指が、一点集中してぐりぐりと押し回す。

鳥肌が立つほどの快感がぶわりと湧いて、ティレナは夢中で首を振った。

「つや、それ……いや……いやぁ！」

『嫌』じゃない。あんたはここが好きなんだ」

「っ……好き、だから……気持ちよすぎるから、だめぇっ……！」

自分の弱点は何もかも知られてしまっているのだと、改めて意識させられた。

内側からは媚肉をぐちぐちと捏ねられ、外側からは敏感な肉芽をたっぷりと舌であやされる。

ひときわ強く陰核を吸い上げられて、ティレナの全身が強張《こわば》った。

「つうぅ、……あぁぁあ――……っ！」

留めきれない快感に貫かれ、視界が明滅する。

ティレナはラーシュの頭皮に爪を立て、足の指を何度も痙攣させた。

収縮する膣内から指を抜いたラーシュが、愛液の糸を引きながら言った。

「……もういいな？」

見上げれば、ラーシュは己の服を脱ぎ始めているところだった。

　カーテンを閉める余裕もなかったせいで、たくましい裸体が余すところなく露《あらわ》になる。脚衣の前をくつろげると、勇ましい怒張が天を衝《つ》くように跳ね上がった。鈴口から早くも雄の蜜が漏れ出して、てらてらと艶めかしく光っている。

　その雄々しさに、ティレナはぼうっと見惚れた。

　自分を求めてこんな状態になってくれるのが愛おしく、手を伸ばして昂《たかぶ》りに触れた。それはひどく熱く滾《たぎ》っており、薄い皮膚の下でどくどくと血が流れている。

「……これが入るの？」

「怖いか？」

「ううん……ラーシュのすることなら怖くない」

「俺は不安だ」

　ラーシュの眼差しがふいに揺らいだ。

「マディウスの前で、あんたに何度も嫌な思いをさせた。その記憶を塗り替えてやれるか自信がない」

「……もう」

　この期《ご》に及んで気弱なラーシュの頬を、ティレナは両手で包んだ。

「そんなこと言うなら、私だって自信がないわ。――ラーシュがこれまでに付き合ってきた女の人たちを、私で忘れさせられるのかって」

ラーシュはますますばつの悪そうな顔をした。

「付き合って、というのとは……その……」

「言い訳はいいの。大事なのは、今とこれから」

ティレナはラーシュの顔を引き寄せ、互いの額をくっつけた。

「これきりじゃなく、何度だって機会はあるでしょ？　私たち、これからずっと一緒にいるんでしょう？」

ラーシュは瞬きし、それからふっと苦笑した。

「まったく――あんたには本当に敵《かな》わない」

唇が自然に重なり、互いの体が密着する。

ラーシュはティレナの脚を開かせ、上向いたものを二、三度扱《しご》くと、濡れそぼった窪みに押し当てた。

「――行くぞ」

「……んっ……」

ぬちゅ……と音を立てて、亀頭の半分が割れ目に沈む。

彼の指や張型を受け入れてきたティレナは、こういうときは体の力を抜いたほうが楽になることを学んでいた。

ふうぅ……と息を吐いたティレナの覚悟に応《こた》えるように、ぬめる隧道《ずいどう》の奥までを、ラーシュは一気に掻き分けた。

「あぁぁあ――っ……！」

体の深い場所に彼を感じて、悲鳴というには甘すぎる叫びがあがる。

釣り針を呑み込んだ魚のように、びくびくともがくティレナを抱きしめ、ラーシュは感に入った声で呟いた。

「――やっと、あんたの中にいる」

組み伏せられて下から見上げる彼は、熱に浮かされたような表情をしていた。

獣じみた金色の瞳に映る自分も、同じように息を乱し、惚《ほう》けた雌の顔をしている。

「ラーシュ……好き……」

手を伸ばすと指を絡められ、口元に引き寄せて、関節のひとつひとつに口づけられた。

愛情のこもった仕種に胸がいっぱいになっていると、心配そうに尋ねられた。

「痛くないか？」

「……うん」

じっくり解したあととはいえ、こんなにも太いもので穿《うが》たれたのだ。破瓜《はか》の衝撃に傷ついていないはずはないのだが、もはやそんなことは気にならなくなっていた。

好きな人とひとつになれて、とても嬉しい。

自分の快感を追うよりも、ラーシュがティレナの体をこうして気遣ってくれることも。

「大丈夫だから……ラーシュも……」

腰に手を添えて促すと、ラーシュは頷いた。

ゆっくりと始まる抽挿に、膣襞はやわやわと彼を抱きしめ、悦《よろこ》びの蠕動《ぜんどう》を繰り返した。

「あっ、あっ……はっ、んん……」

揺さぶられるたびに吐息が零れ、ラーシュの耳をくすぐった。

引き込むような動きに誘われ、雄茎はゆるやかにだが、確実に奥へと打ちつけられる。

「予想以上、だな……こんなに狭くて……吸いついてくるのは……」

呟くラーシュに、ティレナは息を凝《こ》らして尋ねた。

「こうしてると、ラーシュも気持ちいい……？」

「ああ……うっかりすると、我を忘れそうになる」

「忘れていいのに」

「煽るな、馬鹿」

困ったように笑うラーシュに、胸を甘く締めつけられた。本当に何をされてもいい気持ちになって、自分からぐいぐいと腰を押しつけてしまう。

「……じゃあ、少しだけな」

ラーシュの腕が背中に回り、ティレナの体を引き起こした。

座る彼の上で貫かれる形になり、汗に湿った互いの胸が重なった。

「ああぁっ、これ……！」

「深いだろう？」

繋がる形が変わったせいで、肉の楔がいっそう奥まで食い込んだ。

圧迫された花芽に喜悦が生じ、みっちりと食《は》み合った性器と性器の狭間から、新たな蜜が溢れ出す。

「舌寄越せ」

「……ん……っ」

言われるままにティレナは口を開け、舌を伸ばした。

唇を触れ合わせないまま、空中でふたつの舌がぬるぬると絡む光景はたまらなく卑猥だ。

そのまま揺さぶるように突き上げられて、はっはっと短い息をする。

ティレナの腰を掴んだラーシュが、亀頭が抜ける寸前まで持ち上げ、どちゅんっ！　と一気に引き下ろした。

「あああぁっ……！」

ぶつかり合う肌が音を立て、子壺の口が開くほど深々と突き入れられる。

びりびりと痺れる感覚が体の芯を駆けのぼり、喘ぐ口元から唾液が垂れた。

「ふぁっ、あ、奥……ぁああ……っ」

「気持ちいいか？」

「んっ……、いい……全部、ラーシュでいっぱい……っ」

ずっとこうされたかったのだという随喜《ずいき》の涙と、溢れ出す愛液が止まらない。

こうしている今も内部はごりごりと拓《ひら》かれ、好きな人の太さや長さを覚え込もうと収縮している。

改めて唇を重ねれば、遠慮をなくしたラーシュに大きく穿たれ、高みに近づく感覚が再び押し寄せてきた。

「あ、ラーシュ……っ、私、また……またぁ……っ！」

「達《い》けよ」

察したラーシュがティレナの腰を引きつけ、ぐりぐりと押し回した。

感じやすい陰核の裏側を抉られて、忘我の境地がすぐそこにまでやってくる。

「やっ……さっきから私ばっかり……んっ、あっ……いや、ぁあああ……っ！」

こらえ切れない衝動に、ティレナは上体を弓なりにしならせて達した。

「は……巻き込むな、っ……」

絶頂に喘ぐ最中《さなか》のティレナを、ラーシュは再び寝台に押し倒した。

改めて押し入ってくる肉鉾《にくほこ》を、ティレナは涙目になって受け入れる。

だらしなく感じた表情を見られるのが恥ずかしく、顔の上で交差させた手を、ラーシュは容赦なくひき剝がした。

「隠すな」

「だって……」

「二度目はない、貴重な時間だ。あんたの何もかもを目に焼きつけておきたい」

「あぁ……んんっ」

すでに二回も達した秘処を蹂躙されて、ぬっちゃぬっちゃと淫らな音が立つ。たっぷりと水気を含んだ粘土を、徒に捏ねているかのようだ。

真昼の部屋に嬌声が響き、甘い汗の匂いが充満する。

汗だくで息を弾ませるのは、ラーシュもまた同じだった。

ぶつかる肌同士が滑り、繋がった部分は言うまでもなくびしょ濡れで、互いの体液の香りに酔ったように、ラーシュはがむしゃらな抽挿を繰り返した。

「さっきから、ここが気持ちいいんだろう？」

ラーシュの片手が結合部を探り、赤く腫れた突起を摘まみ上げる。

ティレナの下腹がびくりと、目に見えるほどに波打った。

「ど、して……ぁん、そこ……」

「わからないわけあるか。あんたが自分から押しつけてくるのに」

そんな自覚は微塵もなく、ティレナは慌てた。

動揺する様子を眺めるのが楽しくてたまらないとばかりに、ラーシュは強弱をつけて秘玉を揉み込み、さらに激しく蜜壺を突き上げてくる。

こんなことを続けられたら、三度目の極みもすぐそこだ。

「いやぁっ……ぁう、あぁ……だめっ……！」

強烈な快感によじれる腰の動きは、思いがけずラーシュをも追い詰めた。

喉の奥で呻き、乳房を摑むと、飢えた人が果実を貪《むさぼ》るように先端に食らいついてくる。

「ひぁあっ!?」

しこりきったそこを乳暈《にゅううん》ごと嚙まれ、ティレナは悶えた。

きゅんきゅんした痺れが鳩尾《みぞおち》を刺して、子宮がびくびくと脈打つ。

嚙み痕のついた尖りを舐め回しながら、奥まで押し込めた肉棒をラーシュはぐいぐいと揺すり立てた。

「ああん……っ」

ティレナは声を引き絞り、ラーシュの頭を抱えた。

硬い亀頭で蜜洞をぐちゅぐちゅされると、得も言われぬ快楽が迸る。

ずっとこうされていたいのに、勝手に嵩を増した快感が堰を切ろうと暴れている。

「まだ達けるか？」

息も絶え絶えのティレナを気遣うように、ラーシュが尋ねた。

大きく腰を引いては突き上げ、

「……このまま、あんたの中に出していいか？」

と了承を求めてくる。

覚悟を問うような声音に、ティレナはその意味を察した。

ラーシュが放つ白濁はすでに見ているし、あれが子種であることもわかっている。男と女はそうやって子を成し、命を繋ぐ生き物なのだ。

「うん、出して……だって、私たち家族になるんでしょう？」

「家族か――……そうか」

求め続けたものをようやく得られた感慨にか、ラーシュの声がかすれた。

「……ティレナ」

噛みしめるように名を呼ばれ、もはや何度目とも数えられない口づけを交わす。

先ほどの猛攻から一転、ラーシュはキスを続けながらゆったりと腰を遣った。

ティレナの感じる場所を的確に突いて、捏ねて、抉って、擦り回す。

雁首の笠が媚壁《びへき》を引っ掻くたびに、腰がじんじんと痺れた。

「あっ……もう、いく……いきそう……ラーシュ……っ」

脊髄が熱く溶かされて、子宮がきゅうきゅうと疼いた。

こちらの感じ方を知り尽くした動きに、甘くうねる波が押し寄せる。

「……俺もだ」

ラーシュも限界が近いのか、苦悶に似た表情を浮かべた。

彼の手がティレナの臍下を押さえ、天井を作った。そこを亀頭でごりごりされると、ティレナの意識は高く舞い、白い体が蛇のようにくねった。

「やぁぁっ、いく！　ほんとにいっちゃうっ……！」

めくるめく喜悦に呑み込まれるのと前後して、ラーシュの欲望も一気に爆《は》ぜた。

「く……出る……、っ、ん──！」

熱芯を震わせて吐精しながらも、ラーシュはティレナを抱きしめて、さらなる律動を繰り返した。

溢れた体液が逆流し、余韻にびくつく膣襞がそのたびに彼のものを締め上げる。

──これで、自分たちはようやく結ばれることができたのだ。

ラーシュの体重を心地よく受け止め、出会いからの年月を振り返っていると、

「……よし。いける」

とラーシュが小さく呟いた。

「何が？」

「このままもう一回、あんたを抱く以外に何がある？」

「えっ、これで終わりじゃないの!?」

思わず叫ぶが、体内に突き立つものは確かな質量を保ったまま、少しも小さくなる気配

はなかった。

「これまで、どれだけお預けを喰らったと思ってるんだ？　この程度で引き下がれるか」

それに——と、ラーシュはにやりと笑った。

「あんたが言ったんだ。『これきりじゃなく、何度だって機会はある』——だよな？」

「言ったけど、それはそういう意味じゃ……ぁあんっ……！」

屈強なもので下腹部を突き上げられ、甘い声があがる。

——そこから本当の「終わり」になるまで、まさか三度も求められるとは思わず、己の迂闊な発言を、ティレナはつくづく後悔することになったのだった。

エピローグ

リドアニアとの騒動が終結し、平穏が訪れてから半年後。

「おかえりなさい、ラーシュ。……どうしたの？」

新居に帰宅したラーシュの顔が露骨にうんざりしたものだったので、ティレナは心配になった。

今日の彼は、兄王のルディオから『話がある』と呼び出されていたはずだ。ずいぶん長く話し込んでいたらしく、今はもう深夜になる。

「まだ起きてたのか」

寝室の扉を開けるなり駆け寄ってきたティレナに、ラーシュは目を瞬いた。

「ルディオ様とのお話が気になって……もしかして、姉様に何か？」

「それならまっさきに、ティレナに連絡が来るだろう」

寝間着姿のティレナの肩を抱き、ラーシュは長椅子に腰を下ろした。

「エレイン様もお腹の子供も順調だ。兄上からは、生まれる子の名前の候補を、男女それぞれ百個ずつも見せられた」

ティレナは思わず笑ってしまった。

「ルディオ様ったら、気が早いにもほどがあるわ」

帰国後ほどなくルディオに嫁いだエレインは、ガゼットの正式な王妃となった。

夫婦仲は非常に良好で、ひと月前に懐妊が明らかになった際のルディオの喜びようといったらなかった。

「それでこんなに遅くなったの？」

「いや。さすがに話はそれだけじゃない」

だったらどうして――と問いかけると、ラーシュはぼそりと打ち明けた。

「……出世しろと言われた」

「出世？」

「来月の頭から、この国の将軍職を務めろと」

ティレナはぽかんと口を開けた。

「それって、ガゼットの軍人としては一番偉い立場……よね？」

「断ろうとしたんだ、俺は。そんなものは器《うつわ》じゃないからと」

ラーシュは溜め息をついた。

「なのに、『所帯を持った以上、お前ももっと欲を出せ』だの『王族に籍を戻したからには、それなりの役職に就かないことには周りも気を遣う』だのとたたみかけられて」

「はぁ……」

予想外のことに、ティレナは間の抜けた相槌を打つばかりだ。

ティレナがラーシュと結婚したのは、今から四カ月前。それも姉夫婦の挙式と同日だった。

リドアニアの件で沈んでいたこれまでの空気を払拭したい、めでたいことはいくら重なってもいいものだから――と、ルディオが強引に巻き込んだのだ。

国をあげての結婚式と披露宴では、兄弟と姉妹による二組の夫婦が共に並ぶ形となった。

そんな大仰なことになるとは思わず、ティレナは戸惑いっぱなしだったし、目立つことが苦手なラーシュも苦虫を噛み潰したような顔をしていた。

それを機にラーシュは、養子先のヴァルデ公爵家から籍を抜いた。家督を継ぐのは、やはり養父母の実子であるべきだと以前から考えていたためだ。

何よりも国王のルディオ自ら、

『今回のラーシュの活躍には大変助けられた。今後も私のそばで力になってもらいたい。一度は養子に出しておきながら申し訳ないが、身勝手を許してもらえるだろうか』

と、公爵夫妻に頭を下げたことが大きい。

互いに気を遣うことのない距離を置いたせいか、ラーシュと元家族との関係は、むしろ今のほうが穏やかだった。

挙式後、ティレナもラーシュと共にヴァルデ家を訪問した。

公爵夫人と二人きりになったとき、ティレナの胸元に目を留めた彼女が、

『素敵ね。私もそんなペンダントが欲しいわ』

と微笑むのを見たときは、かつての母子のすれ違いに胸が痛んだ。

ラーシュにそれを伝えると、しばし無言になったあと、次の彼女の誕生日には似たものを贈ると言ったのでほっとした。

そのような経緯で、ラーシュは再び王族に戻った。あの仰々しい結婚式は、これまで存在を知られずにいた末の王弟の披露目の場でもあったのだ。

そのラーシュがただの一騎士に甘んじているというのは、周囲との均衡から考えても、確かに都合が悪いのかもしれない。

「将軍職を……って話だけど、器じゃないってことはないんじゃない？」

ひとまずティレナはそう言った。

ラーシュは実際に腕が立つし、体を張って危険な密偵の任務をこなした。

バルダハルの砦に坑道戦を仕掛けるというのも彼の案で、ガゼットに平和を取り戻した

立役者であることは事実だ。

「ティレナは、俺が出世したほうが嬉しいか？」

「んー……そんなに？」

正直すぎたかと思うが、嘘はつけない。

現状、騎士団からの給金だけでも生活に困ることはない。この新居は立派で使用人もたくさんいるが、ティレナ自身、必要以上の贅沢を望む性質《たち》でもない。

「ラーシュがしたい仕事なら、反対する気はないんだけど。今以上に忙しくなって、体を壊さないかが心配なの」

「……まぁ、体力には自信があるが」

いじらしい新妻の言葉に、ラーシュは照れたように視線を逸らした。ついでに、以前なら考えられなかったような本音もほろりと零す。

「俺にとって大切なのは、ティレナと過ごす時間だ。兄上にこき使われて、ろくに家にも帰れなくなるのは困る。とはいえ……」

「もう話を受けるって決めたのね？」

ティレナは肩をすくめて笑った。

なんだかんだ言ってラーシュは、ルディオに頼られると弱いのだ。

断固として拒むつもりならもっと早く帰るはずだし、弟の揺れる心に付け入って、ルディオは言葉巧みに掻き口説いたのだろう。

「悪かった、事後承諾で」

ラーシュは申し訳なさそうに言った。

「これからは帰宅も遅くなるだろうが……少なくとも、明日の約束は果たすから」

「充分よ」

頷くとラーシュの腕が伸びてきて、ひょいと抱え上げられた。

そのまま寝台に運ばれ横たえられて、ティレナはぱちくりと瞬きした。

「どうしたの？」

「忙しくなる前に、あんたをなるべく堪能しておく」

「堪能って……んっ……！」

言いかけた唇を、ラーシュのそれが塞ぐ。熱い舌がこちらの口内に割り込み、誘うようにくすぐった。

誰に憚《はばか》ることもない、夫婦同士の甘い戯《たわむ》れ。

普段のラーシュは澄ました顔でいることが多いのに、こういうときはひどく情熱的で、その落差にくらくらする。

「ふっ……、ぁ……」

歯列をなぞられ、互いの唾液を飲み干すような深いキスに、頭の芯がぼうっとした。

夢中で唇を交わすあまり、酸欠になりかけた頃、ラーシュはようやく顔を離した。欲情の証のように、二人の口元を透明な唾液の糸が繋いでいる。

「いいか？」

いまさらのように尋ねられ、ティレナは赤面した。

「……嫌だって言ってもするくせに」

「今のところ、『嫌だ』って言葉を聞いた覚えもないんだが？」

純然たる事実でやりこめ、ラーシュはティレナの首筋に舌を這わせた。ぞくぞくと背筋が痺れる感覚に、腰がよじれて肌が火照る。

寝間着を脱がされたのち、ラーシュの厚い手が胸を覆った。

「んっ……」

まろやかな乳房は、パン生地のようにぐにゅぐにゅと撓《たわ》まされた。乳首も指先で掘り起こされて、瞬く間にむくりと漖《た》き勃つ。

摘まみやすくなったそこを、ラーシュはしこしこと緩急をつけて弄《もてあそ》んだ。

「嬉しそうにさっそく尖ってきたな」

「やぁ、っ……」

体の変化を露骨な言葉にされると、ティレナの中心はじゅわりと潤む。それを知っているラーシュは、ことさらに煽り立ててくるのだ。

「指で弄《いじ》るだけでいいのか？　それとも舐めるか？」

「……訊かないで」

「言ってくれ。なんでもあんたの望むようにしてやりたい」

ティレナをいじめるつもりはなく、それもまた彼の本心なのだろう。

だからティレナは小声でねだった。

「っ……噛ん、で……そこ」

「こうか？」

「んぁあっ……！」

じんじんする乳首をかりっと齧られ、ティレナの肩は大きく跳ねた。下半身がじぃんと熱を持ち、興奮が膨れ上がる。

壊れ物を扱うように優しく触れられるのもいいが、ラーシュが相手なら、少しだけ乱暴にされるのも好きだった。

一方的に愛されるだけでなく、自分から彼を気持ちよくさせることも。

「ね……私も触りたい……」

着衣のままでもわかるほど、ラーシュのそこは完全に兆《きざ》しきっていた。

ティレナが手を伸ばすと、彼は飼い猫の悪戯を許すように笑った。

「あんたのものだ。好きにしてくれ」

ティレナは脚衣の前を開き、硬くなったものを引きずり出した。

左右の手で包み込めば、その太さと硬さに改めて嘆息する。

ゆっくり摩擦するとラーシュは息を凝《こ》らし、ティレナの腿の奥に、お返しのごとく手を差し入れてきた。

「んっ……あっ、あ……」

剣を打つことも振るうこともする指が、湿り出した秘裂を繊細になぞる。

入口に浅く埋め、くぽくぽと空気を含ませるように抜き差しされると、これからの行為を期待して胎《はら》の奥がひくついた。

堪《こら》え性もなく濡らしているのは、ティレナだけではない。勃ち上がったラーシュの先端も、鈴口から透明な先走りをとろとろと零している。

ぬめりを竿に広げ、手の速度を速めると、ぬちゃぬちゃと卑猥な音が響いた。

「っ——はぁっ……」

ラーシュも感じてくれている。

息遣いでそれがわかる。

とはいえ、受け身に回りきれないのが男としての矜持なのか、ラーシュはまたも乳房に口を寄せ、色づいた蕾を捉えた。

ティレナの好む甘噛みを合間に挟みながら、舌の上でぬるぬると転がす。

「あっ、っ……ぁう、あぁ……っ」

敏感な乳首を刺激され、ティレナは切れ切れの声をあげた。

気持ちよさに体の力が抜けて、蜜洞《みつほら》への侵入を深いところまで許してしまう。関節の目立つ長い指が二本、根本までずっぽりと呑まれた。

「はぁあっ……や、……中はっ……」

そこをぐちゅぐちゅされると、ティレナは呆気なく駄目になる。

甘い戦慄に腰が浮くのを止められず、叫びながら軽く達した。

「あ、いく……も、いく……っ……！」

がくがくと身を震わせてラーシュにしがみつくと、愛おしそうに笑われた。

「相変わらず早すぎる」

「笑わないで……ラーシュのせいなのに」

ティレナは拗ねるように彼を睨んだ。

やられっぱなしなのが悔しくて、どうせならとことん逆襲してやりたいと、肉茎《にくぐき》に触れながら率直に尋ねる。

「これ、口でしてもいい？」

結婚後初めての申し出に、ラーシュは珍しくたじろいだ。

「俺は構わないが……無理してないか？」

彼が何を気にしているのか、ティレナにもわかった。

以前にその行為をしたのは、マディウスが見ている前でのことだった。つらい記憶が蘇らないかと、案じてくれているのだろう。

「したくないことだったら言わないわ」

ティレナは一旦身を起こすと、ラーシュのそこに顔を伏せた。

そそり勃《た》つ男根にキスをして、唇で咥えると、喉奥まで一気に含んだ。

「……――っ」

ラーシュが天井を仰ぎ、息を詰めた。

口の中に収めた肉塊は、手で触れるときよりも大きく感じられた。先走りの味に舌が痺れ、濃い雄の匂いが鼻に抜ける。

「ん……んぅう……ふっ……」

鼻だけで呼吸しながら、ティレナは熱い猛《たけ》りを懸命に舐め回した。

続けるほどラーシュの反応が大きくなり、ティレナの肩を摑む手に力がこもった。

「どれだけ覚えがいいんだ……こんなこと、忘れたってよかったのに……」

淫らな性技を仕込ませた後悔と、それを押し流すほどの快感。

両者の間で揺らぎながらも、一心な奉仕に雄の欲望が上回る瞬間がやってくる。

「駄目だ……腰、動く……悪いっ……！」

感極まったような呻きとともに、雄茎が喉を突き上げた。

「ん、ぐっ……んんっ……!?」

ラーシュはティレナの頭を摑み、腰を振りたくった。

その顔は上気して色めき、硬い腹筋も鳩尾《みぞおち》も、ティレナが彼のものをしゃぶるほどにひくひくする。

やがて吐精の衝動が高まったのか、苦しそうな声が降ってきた。

「っ……ぁっ……くそっ……放せ、このままじゃ……」

「——んんっ」

深く咥え込んだまま、ティレナは首を横に振った。このまま離れないという意思表示に、ラーシュがぎょっとしたように目を瞠《みは》る。

「っ、馬鹿……そこまでしなくても」

ティレナはなおも首を振り、逃がすまいと彼の腰を抱き込んだ。

この先に起こることは予想できていて、抵抗感は少しもなかった。

(ラーシュならいい……大好きだから、最後まで気持ちよくしてあげたいの)

想いを込めて見つめれば、ラーシュの喉仏が上下する。

「……ほんとにいいのか」

念を押すように言い、あとはもうがむしゃらに腰を振り立てた。

ぐぷっ、ぷぽっ、と淫らな音がして、飲み込み切れない唾液が溢れる。

快楽を貪《むさぼ》る本能的な動きは、苦しいけれど嫌ではなかった。歯が当たらないようにとだけ意識して、彼の好きにさせる。

極みは唐突に訪れて、脈打つ亀頭が喉の粘膜に押しつけられた。

「——っ……く！」

胴震いが伝わり、口内にえぐみのある体液がぶちまけられる。

何度かに分けて噴き零す間、ラーシュはずっと獣じみた唸り声をあげていた。

「ん……けほ……っ」

噴出がおさまると、ティレナは顔を離して咳き込んだ。

粘りけの強いそれは、飲み下そうとしても食道に絡み、なかなか落ちていかない。

何をしているのかに気づいたラーシュが、呆然と呟いた。

「……俺はそんなことまで教えなかった」

申し訳なさそうな声とは裏腹に、ラーシュのそこは達したばかりとは思えない力強さを保っていて、臍の上に先端がくっつきそうだ。

「どうしてまだ元気なの？」

「こんなことまでされて、落ち着けってほうが無理だろう」

怒ったように言ったラーシュは、ティレナをうつ伏せにすると尻の肉を左右に分けた。

「きゃっ……!?」

「存分にやり返させてもらうからな」

熟した柘榴《ざくろ》のごとく赤らんだそこに、柔らかなものが吸いついた。ラーシュの唇だとすぐにわかった。

「いやっ……!」

形ばかりの抵抗は、当然のように無視された。

腰だけを持ち上げられたあられもない格好で、ねっとりと秘部を舐められる。

ラーシュの指先が花芯《かしん》を捉えて転がし、蜜洞に突き立った舌がじゅぽじゅぽと激しく出入りした。

「あ、ふぁ……やあ、あぁん……!」

指と舌の執拗な責め苦に、頭が痺れ、体が浮くような感覚をまた催してきた。

意識を繋ぎ止めようと、ティレナは目の前の敷布をぎゅっと握りしめた。

「こっちもすごいことになってるな」

「いっ……、あぁぁっ!」

敏感な陰核を弾かれ、根本から摘まみ上げられて悲鳴をあげる。

「も、や……いじめないで、いやぁ……」

「人聞きの悪い。いじめてるんじゃなく、可愛がってるんだろうが」

「でも……っ」

このままでは、二度目の極みも彼の指と舌で迎えてしまう。

早くひとつになりたくて振り返れば、察したようにラーシュの口元が綻んだ。

「だったらどうしてほしいんだ」

「どうって……」

「俺たちは夫婦なんだから、素直になれ」

「……っ」

言いたい。

けれど言えない。恥ずかしい。

数え切れないほど抱かれていても、はしたない欲望を露《あらわ》にすることには抵抗がある。

そんなティレナの葛藤を、ラーシュは悪趣味にも愉《たの》しんでいるのだ。

「言わないならやめてもいいんだな」

「いや……！」

すっと体を引かれ、ティレナは無我夢中で叫んだ。

「やめないで、してっ……ラーシュに抱かれたいの、挿《い》れてほしい……！」

大声で訴えてしまってから、我に返るがあとの祭りだ。

「ふぅん……あんたが欲しいのは、これか？」

笑いを堪える声とともに、ぬぷりと押し入ってきたものは、求めていたそれとは違う。太さも長さも明らかに違う。

人差し指だけを戯れのようにちゅこちゅこと抜き差しされて、ティレナは泣きの入った声で訴えた。

「ちが……指じゃ、なくて……」

「じゃあ、自分で摑んで挿れてみろ」

「うう っ……」

ティレナは片腕を後ろに伸ばし、手探りで「それ」を探した。

掌に熱いものが触れ、指の回り切らない太さに陶然《とうぜん》とする。

初めて見たときはあれほど恐ろしかったのに、もはやこれがなくては満足できない体に作り替えられてしまった。

「……来て……」

先端を蜜口に引きつけて誘うも、ラーシュはまだ動かなかった。

言いつけを守るためと、どうしようもない飢えを満たすために、ティレナは自ら秘裂を指で広げ、雄芯を呑み込まなくてはいけなかった。

「んあぁっ……！」

腰を後ろに突き出すと、亀頭の半ばまでがめり込んでくる。

それ以上を欲して腰を揺らすが、雁首の出っ張りでどうしても止まってしまう。

「……だめぇ、無理……太すぎて、無理……」

「それなら、もう一度おねだりしてみろ」

もう充分頑張ったのに、ラーシュは甘やかしてはくれなかった。

「俺がその気になれるよう、あんたが思いつく一番いやらしい言葉で誘うんだ」

これを意地悪と言わずしてなんと言うのか。

けれどここまできたら、なりふり構っていられない。さっきから蜜道は疼きに疼き、塞いでくれるものを求めてひくひくと身悶えていた。

「お願い、挿れて……」

ティレナは四肢を震わせて訴えた。

「ラーシュの、大きくなったそれ……私の奥まで突っ込んで……ぐちゃぐちゃに掻き回されて、気持ちよくなりたい……っ！」

「合格だ」

「ひゃうぅっ……!?」

ずぷぅっ――と狭い場所を熱塊が貫き、嬌声とともに涎《よだれ》が洩れた。

勢いのついた律動で奥まで犯され、子宮口を押し上げられる。

「う……後ろから、きつい……っ」

「だからいいんだろ？　お互い、いいところがごりごり擦れまくって」

ぱちゅっ、ぐちゅんっ、と恥骨《ちこつ》を打ちつけられて、膣壁が浅ましく戦慄《わなな》いた。

ラーシュが腰を引き、押し広げるように入ってくるたび、お腹の奥が疼痛《とうつう》を覚えるほどきゅんきゅんする。

「んっ……！　あふっ、……ぁああ！」

透明な皮膜を纏ったように、互いの体が汗で濡れそぼつ。

ラーシュは両手を前に回し、揺れる乳房を鷲摑みにした。

「あん……胸まで、だめぇ……」

「ここを弄ると、あんたは俺を食いちぎりそうに締めてくるんだ」

双乳を包む手が自在に動き、乳房はその都度形を変えた。指先は勃起しきった乳首を柔《やわ》肉《にく》に押し込めたり、引っ張ったりを繰り返す。

ラーシュの肉棒が膨れたように感じるが、それは彼の言うとおり、花筒《はなづつ》が引き絞られるせいなのだろうか。

「……ほらな……こうすると、すぐに持っていかれそうで……っ」

声を上擦らせながらも、ラーシュは乳首への戯れをやめなかった。軽く爪を立てられ、根本からきゅっと絞られて、両の尖りが痛々しいほどの赤に染まる。

「あ……、ん……あぁぁ……」

ティレナはとうとう寝台にぺたりと突っ伏した。

下半身を落とされると動きにくいのか、ラーシュはすかさず体位を変えた。雄茎は抜かないまま、ティレナの腰を摑んで強引に半回転させる。

「ひぁっ……!?」

ごりゅっと硬いもので内側を抉られ、快感が脳天に抜けた。

ティレナの片脚だけを肩に担ぎ上げる形で、ラーシュは奥へ奥へと、改めて雄杭を打ち込んでくる。

「ううぁっ……」

下腹を突き破らんばかりの肉鉾《にくほこ》を、ティレナは涙目になって受け入れた。互いの股間が斜めに交差する繋がり方は、これまで以上に花芽が擦れて気持ちがいい。

「この体勢も好きみたいだな？」

ティレナの反応を見透かしたラーシュは、調子づいたようにばちゅばちゅと男根を出し入れした。

「あっ、あ、……あんっ、あぁぁ！」

下腹がじりじりと熱を持ち、弾け飛びそうに秘玉が腫れる。わずかに残っていた理性も溶けて、狂おしい快感を追うことしか考えられなくなってしまう。

「っ、ぁあ……もっと……」

「もっと？」

「もっと、奥っ……いっぱい、ごちゅごちゅって、されたい……っ」

「わかってる、ここだろう？」

「そう、そこ……んっ……ああ、いい……いいの……！」

いい。すごい。気持ちいい。

赤裸々な譫言《うわごと》しか洩らせなくなったティレナを、ラーシュはこれ以上ないほど愛おしげに見つめた。

「もっと啼《な》け。——達ってるあんたの中で、俺も達く」

ラーシュが体を前に倒すと、陰茎の根本で圧迫された女の核がびりびりと痺れた。

濡れに濡れた最奥までを埋め尽くされ、張り出した雁首で擦られる。

かと思ったらずるりと腰を引かれ、大きなものが抜け落ちる喪失感に震えてしまう。

ティレナが懇願するように見上げると、わかっていると頷いたラーシュが、また内臓を押し上げる勢いで入ってきた。

「ぁああぁっ……！」

青筋の浮いた怒張でいっぱいにされ、媚壁《びへき》が愉悦にさざめく。

粘着質な摩擦音が耳を嬲《なぶ》り、濡れ襞をみりみりと引き伸ばされて、総身が粟立った。

「ぁ……はぁ、もうっ……い、きそ……」

「ラーシュ……ラーシュも、お願い……一緒に……」

「そうか」

「ああ」

短い言葉しか返せないほど、ラーシュも余裕をなくしていた。

律動に合わせ、会陰《えいん》に柔らかくぶつかるのは、重たげに子種を溜め込んだ陰嚢《いんのう》だ。

それがぐっ、ぐっ、と引き上げられるような動きを見せて、射精の瞬間に備えている。

ティレナが達すればわずかの間も置かず、彼も極みへと駆けのぼるだろう。

「はあ、ぁ……あ、ああんっ……」

ラーシュのリズムがティレナを乱して揺らす。

息もまともにできないくらい、内側でも外側でも彼を感じる。

「ラーシュ……ラーシュ……」

それしか言葉を知らない子供のように、ティレナは繰り返し夫の名を呼んだ。

勢いを増した抽挿が、ティレナを遥か彼方へ連れ去ろうとする。

「……んぁ……だめ……っ、いっちゃう……ぁああ、ラーシュ、私、いくぅ……っ！」

膣裏を斜めに突き上げられて、ティレナはついに限界を迎えた。

閉じた目の裏がちかちかと瞬き、何を口走り、何度身を引き絞ったのか、自分では一切わからなかった。

「ティレナ……っ、――あぁっ……！」

慄《おのの》く肉襞に締めつけられ、ラーシュが熱い飛沫《しぶき》を解き放つ。

愛する男の絶頂を体内で感じる悦《よろこ》びに、ティレナはうっとりとした笑みを浮かべ――許容量を超えた恍惚に、それきりぷつんと意識が絶えた。

◆
◆
◆

目が覚めたのは明け方だった。

寝返りを打ったティレナは、隣に横たわるラーシュとまともに目が合ってどきりとした。

「起きてたの？」

「今起きた」

気配に敏いラーシュは、わずかな物音でもすぐに目を覚ましてしまう。

ちゃんと休んでほしいから、別の部屋で寝ようかと提案したこともあるのだが、珍しく駄々を捏ねるように拒否された。

『眠る間際も起きた瞬間も、ティレナが隣にいてくれる以上の贅沢はない』

と言って。

（あ……やっぱり綺麗にされてる……）

互いの体液にまみれた肌は、いつもどおり清められていた。

毎晩のこととはいえ、眠っている間に全身を拭かれることはいまだに慣れない。掛け布の下の体が、二人とも裸であることも含めてだ。

「まだ早いぞ。もう少し寝てろ」

ラーシュはティレナを抱き寄せて、髪の毛をくしゃくしゃと掻き回した。

「今夜は夜通し出かけるんだから、体を休めとけ」

「……うん」

今日はガゼットの建国祭。

自分たちにとって、決して忘れられないリラ祭りの日だ。

この日だけは何があっても二人で過ごし、一緒に花火を見ようというのが、結婚したときの約束だった。

素肌の上に着けたペンダントを握りしめると、ラーシュは柔らかく微笑み、ティレナのこめかみに口づけた。

彼のぬくもりに包まれ、再びのまどろみに落ちていきながら、ティレナの意識は早くも今夜の祭りへと飛んでいく。

満開のリラを見上げて笑い合う、仲睦まじい恋人たち。

田舎から連れ立って出てきたのか、見るものすべてにぽかんと口を開ける青年たち。

串焼きや揚げ物を売りさばく屋台の女に、天幕の下で酒を酌み交わす中年男たち。

自分とラーシュは手を取り合ってそぞろ歩き、とんでもない色の飴を買って、踊りの輪の中に飛び込むのだ。

（ラーシュの仕事が忙しくなっても……子供が生まれても……喧嘩をしても、歳を取っても、ずっと……ずっと……――）

繋いだ手の先には誰よりも愛する人がいて、甘やかな芳香が夜に香る。

あとがき

こんにちは、もしくは初めまして。葉月《はづき》・エロガッパ・エリカです。このたびは『淫獄の囚愛』をお手に取っていただき、ありがとうございます。この本のテーマは、ずばり「凌辱」です。

Hey RYOJYOKU! なんという魅惑の響き♪

Yeah RYOJYOKU! しかも観客付き♪

Yes RYOJYOKU! 縛りも淫具も強制○○○○もあるYO♪

……陰の者すぎてわからないんですけど、ラップって絶対こんなんじゃないよね。

まぁ凌辱凌辱とアピールしましたが、ヒーローがガチのドSだと怖いので、そこはもろもろ事情があって。どちらかというと、精神的にしんどいのはヒーローのラーシュのほうかなと思ってます。小学生男子でもあるまいし、好きな子をいじめたくないよねぇ。

しかし当方、苦悩しながらエロいことをする男が大好きだと白状するでごんす。

本当はこんなことしたくない……と葛藤しつつ、乱れるヒロインにむらむらきて、自己嫌悪するところまで含めての美味しいフルコースでごんす。これを書いているのが午前三時につき、夜中のテンションで申し訳ないでござんす。

一方、凌辱される側のティレナは、これまで書いたヒロインの中では心身ともにかなり強い子だなと。馬にも乗るし。地割れに落ちても無事だし。あんまりにも弱々しいタイプにしちゃうと、大丈夫？　最後まで生きてる？　って、執筆中はらはらしそうで。

あと、助演男優賞をあげたいのがマディウスのおっちゃん。この人を好きだって読者さんはそうそういないと思うのですが、彼抜きだとお話は成立しないので。作者的には、憎まれ役を押しつけてごめんねーと謝りたい。

ヒーローとヒロインがあれこれ致す最中には、頑張って霊圧を消してもらったし。基本フレームアウトなんで、読者さんはぜひ主役たちの絡みだけをご覧ください――という親切設計のつもりで。……こう言っちゃうと、やっぱりおっちゃんが不憫な気もしてきた。

イラストを担当してくださったサマミヤアカザ様。

実はこのお仕事をお受けするとき、スケジュールが割と厳しめだったのですが、「6月の刊行なら、イラストはサマミヤアカザさんで……」と聞いた途端、「やります！」と秒で覚悟が決まりました。小心者につき、自分から名指しでお願いすることは少ないのですが、「いつか組ませていただけたら」とひそかに憧れていたイラストレーターさんでしたので。

今は本当に、あのとき頷いていていてよかったと思っています。表紙も本文挿絵もドラマティックで美しい……！　このたびはお忙しい中、本当にありがとうございました。

お世話になっております担当様。

今回も大きなことから小さなことまで助けていただき、大変感謝しております。担当さんがミネストローネダイエットを始めたと聞いて、さっそく真似しているエロガッパです。でも飽き性なので毎日は無理。しかも夕食をヘルシーにした分、食後におやつを食べちゃうので無意味。自分に甘すぎる……と反省しつつ、ストイックに続けていらっしゃる担当さんを、改めて尊敬しております。

最後に、ここまでお付き合いくださいました読者様。

本を買ってくださったり、編集部を通じてのお手紙やツイッターで話しかけてくださったりと、エロガッパは皆様のおかげで生かされております。

これからも一作一作、その時点でのベストを尽くしてまいります。

よろしければ、別の作品でもまたお会いできますように！

葉月　エリカ

二〇二二年　四月

Sonya
ソーニャ文庫

この本を読んでのご意見・ご感想をお待ちしております。

◆ あて先 ◆

〒101-0051
東京都千代田区神田神保町2-4-7 久月神田ビル
㈱イースト・プレス　ソーニャ文庫編集部
葉月エリカ先生／サマミヤアカザ先生

淫獄《いんごく》の囚愛《しゅうあい》

2022年6月7日　第1刷発行

著　　者　葉月《はづき》エリカ
イラスト　サマミヤアカザ
装　　丁　imagejack.inc
発 行 人　永田和泉
発 行 所　株式会社イースト・プレス
〒101－0051
東京都千代田区神田神保町2－4－7 久月神田ビル
TEL 03－5213－4700　FAX 03－5213－4701
印 刷 所　中央精版印刷株式会社

ISBN 978-4-7816-9723-9
定価はカバーに表示してあります。